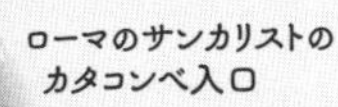

ローマのサンカリストの
カタコンベ入口

人生斯くの如くか

東西お墓巡り

永峯清成◉著

彩流社

ユダヤ人墓地の塀に
張られた死者のプレート

はじめに

性来の旅行好きの私は、青年時代には、友人を誘って出かけるよりは一人旅を好むようになった。それはだいいちに、自由で気楽に、自分の好きな処へ行けるからである。その習性は、少し大人になってからでも変わらなかった。

旅先の旅館では枕捜しに遭い、財布の中身を抜き盗られ、おまけに新品の靴まで奴さんに履いていかれたりした。また田舎の山の中に入りこんで、夕方の五時には、もうこれが終車ですと言われて、慌てて乗ってきたバスにまた飛び乗って、町なかに帰ってくるというへまもやった。それでも躰に危害を加えられたということは一度もない。一人旅には向いた心構えを、たえず持っていたのかもしれない。

旅の行く先は、だいたい世の名所旧蹟よりも、特に史蹟を訪ねてというほうが多かった。四十になって、歴史小説を書くことになる下地がすでにあったのだろう。しかしその頃でも、特に有名人の墓を訪ねるということはなかった。今から思うと、まだその年齢になっていなかったからなのかもしれない。

数年前に鎌倉へ行ったとき、タクシーの運転手が、客の中には墓地だけを巡り歩く人がいると聞いたが、これはもうはっきりとした目的をもっている。私もそのとき、北条高時の最期の地を訪ねようとしていたのだ。そしてこの頃の旅行では、やはりその年齢になったのか、時により墓地を重点的に巡り歩くという傾向にもなってきたのだ。

私のこの墓巡りの趣向を、他人は縁起でもないとか抹香臭いと言うかもしれないが、そうではない。私が最近になって、そういう人物のお墓に興味をもち始めたのは、彼らのそれまでの生き様や劇的な生涯を回想して、そこに何かを感じようとするからであって、いわばそれは、引き続いて歴史小説を書くつもりのものなので、決して怪訝な目で見られるものではないのだ。また変な気を起こすものでもなく、その友人には心配いらぬと言っている。

人間の死は多くの場合劇的で、彼らを葬ったその場所は厳粛な処である。たとえその人物が、世に悪人だと言われたとしてもである。私はその厳粛さに惹かれる。そこは必ずしも俗世を離れた隠遁の場所ということではない。それどころか、いまだに現世と関わり合っている場合さえあるのだ。当人がわれわれにそう問うていることもあり、またわれわれが彼らにそう答えなければならないということでもある。しかしその答えは、容易には出ない。

或る時期から、国内よりもヨーロッパへ行くことが多くなった。その中でもドイツとスペインには、しばしば通った。文字どおり通うというほどのもので、毎年のように同じ場所を訪れていたのだ。その間には、私の友人ともいうべき男性が、私より先にお墓の主人になってしまったりした。日本に強く憧れていただけに、残念だったろうと思う。

私が国内外のお墓巡りをしたといっても、それは殆どが仏教徒とキリスト教徒のお墓ということになる。世界にはいろいろな宗教があるが、その信徒のお墓も、それぞれに違ったものがある筈なのだが、私は彼らのお墓は見たこともないし、その姿を想像することもできない。

そして墓地と一口に言ってもその姿はいろいろで、場所も広さもさまざまである。また個人的なものや家族や一族のもの、それに集団墓地というのや、この頃では墓苑というか霊園という大きなものまである。だが私が訪れた墓地に葬られた人物は、いずれもその人個人のものが殆どで、あとは集団で埋葬されたものが何か所かある。この集団で埋葬された人びとの最後は、洋の東西を問わず悲劇的で、無念のうちに死を遂げた人びとのものばかりだ。集団墓地というのは、そういう性格のものなのか。

お墓の形には石塔もあれば、墳墓という塚のようなものや、陵墓と呼ばれるようなものまである。しかし陵墓というのは、わが国の天皇家の人びとのものであって、ここでは特にそれは取り上げないことにする。私は吉野にある後醍醐天皇陵を、今までに三回詣でたことがある。初めは高校三年生の夏、まだ少年から青年時代になろうとする、多感な頃だった。わざわざそこを訪れたということは、余程の思い入れがあったのだろう。たしかにその時は、後醍醐天皇の激しい魂魄(こんぱく)を前にして、強く打たれるものがあったのだ。

後醍醐の子の後村上天皇の陵墓は、河内の観心寺の境内の裏手に、それほど高くない丘の中腹にある。そこにあること自体、天皇の無念さが感じられる雰囲気があった。陵墓は父後醍醐のものも、京の都からは遠く離れた辺地にあるのだ。

また京都の九条の辺り、鴨川の東、泉遊寺（せんにゅうじ）の背後には、天皇陵が十基以上も固まってある。古くは鎌倉時代の四条天皇陵と、江戸時代になってからは後水尾天皇から十数代にわたる天皇陵が合葬されているのである。これを月輪十二陵という。泉遊寺の仏殿の背後の、低い丘陵地の森の中にある御陵を前にしたとき、何か近寄りがたさを感じて、身が固くなるのを覚えた。天皇陵についての話は、ここまでにしたい。

この本では、国内外あわせて約二十か所の現場について記述することになるが、これはもちろん、私が現地を訪れて詣でた個所ばかりである。そのため三十年も前に訪れた場所が、現在どうなっているかを確かめることができない処もあり、その点はあくまでも当時の見聞ということで、読者にはご了解願いたい。

妙なもので、私は一度も会ったこともない人物のお墓を訪ねるとき、いつも心の内に、密かなときめきを覚えるのである。現世でない処に立っているというのか、これは口では説明のできない不思議な想いである。いよいよ、そこに旅立ってみたいと思う。

目次

〔ヨーロッパの部〕

〔日本の部〕

一　正成の首塚

これは墓ではない。胴体から切り離された首だけを埋めた塚である。もっとも塚も墓と言っている。

ところでいま、楠木正成という人物の名を、どれだけの日本人が知っているだろう。高校の日本史の教科書では、その時代の登場人物として、後醍醐天皇や足利尊氏の名は数か所で挙げられているが、正成の名は一度ぐらいしか出てこないのだ。ということは、彼はその場では、政治的な働きを殆どしていないということでもある。歴史的な記述は、しばしば個人的な事件や行為を無視するものでもある。

しかし楠木正成というのは、そんな軽い人物ではない。かつては、日本人なら誰もが知っているその時代の高名な武士である。しかし時代の流れは、その時代に登場した人物の評価を、極端に変えるものである。正成の人物像を、それほどに変えたのはいったい何か。

当時楠木正成は、後醍醐天皇の忠臣として非常な働きをしたのだ。すなわち、時は鎌倉幕府の末期、後醍醐天皇は武士階級によって奪われていた政治の実権を、朝廷に奪い返すようにと企て、京都を中心とした武士に、倒幕の挙兵を促すための檄を飛ばしたのだ。これを元弘の乱（一三三一）という。

鎌倉幕府はやがて滅ぼされた。これで武家政治は終わったかに見えたが、その直後に、今度は足利尊氏が武士たちを纏めて、新たに室町幕府を創設したのである。目まぐるしいその過程で、後醍醐天皇側と尊氏が率いた武家方との間で、全国的に激しい戦いが繰り広げられたのだ。そして時代は、「建武の新政」から「延元の乱」、さらには南北朝時代の終焉にまでと移っていく。

このとき、河内の国の南の辺地に縄張りを持っていた楠木正成にも、挙兵の檄が届いたのだ。楠木一族とは、いったい何者なのか。敏達天皇を祖として、橘諸兄の後裔を称しているが、

楠木正成像（狩野山楽画）

その出自は殆ど不明である。しかし一説には散所の長とも言われている正成を擁する楠木一族は、近隣の諸族に対しては、侮りがたい部族だったのだ。

この時、後醍醐天皇の傍近くには、血気に逸った若い公家たちがいた。日野資朝や同俊基らがその代表格である。彼らは鎌倉

幕府に対して「ご謀反」を起こすための策を粘り強く練った。そして秘密裡に挙兵の軍勢を募ったのだ。その中に正成がいたのだ。思いがけない朝廷からの誘いの使者に、彼は感激してこれに応じたのである。

そしていち早く、河内国赤坂砦（とりで）に立て籠もった楠木勢は、幕府方の軍勢に囲まれて、あえなく、自ら砦に火を放って落ちていったのである。しかそれから一年後、正成は金剛山の麓に再び千早城を築いて、そこになんと鎌倉方の大軍を引きつけての籠城戦を始めたのである。楠木勢のその戦い振りは、いまだかつて日本の合戦史上には見られない、まったく違った異様なものだった。

砦は峻険な崖の上にあった。しかしそれほど大きな規模ではない。寄せ手の鎌倉方の武将や雑兵（ぞうしょう）たちが、それを見て侮って笑った。「これしきのもの」と。しかし砦は簡単に潰すことなどできなかったのだ。

正成の戦法は、今までの合戦とは違ったものだった。それは一面、寄せ手を愚弄した滑稽なものだった。まず戦いの始まりは、寄せ手が砦の麓に取りつき、喚声を上げてよじ登ろうとする。すると砦の中からは、用意していた大きな岩石が投げつけられたのだ。寄せ手は多くの死傷者を出して、慌てて退いた。こんな目に遭うとは思ってもいなかっただろう。

その次には、或る日の朝、砦の中から喚声があがって、二、三十人の雑兵が外へ討って出た。寄せ手の軍勢はここぞとばかりに、砦の崖の下に突進した。しかしそこで彼らが見たものは、なんと藁人形に鎧や具足を着せた人形だったのだ。まるで子供騙しのやりようだった。寄せ手はじたんだを踏んで見上げる。すると今度は、砦からはまた岩石や大木などを投げ落としてくる始末。寄せ手はまたもや多くの死傷者を出した。

しかし彼らはまだ諦めない。次の一手は――。寄せ手の陣地の一部は、楠木方が構える砦とは、深い谷を隔てて同じ高さの丘の上にあった。そこで長い巨大な梯を作り、それを谷を跨いで砦側の岩の上に渡して、そこを軍勢が一気に渡って攻めこもうという寸法だった。これは旨い作戦だった。

梯は出来上がった。そこで満を持していた寄せ手の軍勢が、喚声とともにそこを渡り、走り出した。とその時である。砦の中から火のついた松明がいっせいに投げつけられ、それと同時に油を入れた水弾でもって放射を始めたのだ。そのため梯は、一瞬のうちに炎に包まれたのだ。

薙刀や刀を振りかざした寄せ手の雑兵たちは、喚声から悲鳴へと変わった。火焔はたちまち男たちの着物にまで燃え移り、それを振り払おうともがくうちに足を踏み外して梯から転落するものがあとを絶たず、やがて梯そのものが燃えつきたようにして谷底へ落ちていった。その光景はあっという間の、しかし目も眩むような出来事だった。

正成が立て籠もった千早砦の攻防戦は、なおも続いた。しかし所詮小さな砦だった。幕府方の大群に囲まれている。しかもそれは、関東を始め全国から集まっている、有力武将たちが率いる軍勢である。しかしこの頃になると、彼らが支配している領国で、ただならぬ動きが見え始めたのである。それは不穏な兆しだった。一族の当主の不在を知って、周りの豪族たちがそこに兵を出し、領地を侵し、財物を奪ったりしているという。そういう報らせが次つぎと入ってきたのだ。これは一大事だった。

じつはこの頃、後醍醐天皇は幕府によって、遠く隠岐島に流されていた。しかしその子の護良親王らが、幕府討伐という天皇の志により、諸国の有力武将に対して挙兵を促す令旨を出していたのだ。それを受け取った武士たちの間に、或る不安がよぎった。ことによったら幕府は倒されるかもしれないと。であるならば、いつまでも千早砦の楠木などにかかずらってはおれないと。砦を囲んでいた有力武将たちの誰もがそう思った。

やがて金剛山の麓に、全国から集結していた軍勢が、櫛の歯を挽くようにして消えていった。これは大きな時代の変わり目だった。鎌倉幕府の中にあって強い権限をもっていた北条一族の権威が、ここに至って次第に揺るぎ始めていたのである。武将たちはそれよりも、自分の領国のことが心配で、気もそぞろな心地で、馬を走らせた。

時代はたしかに変わった。後醍醐天皇の綸旨により、諸国の有力武将たちが、鎌倉の北条一族に叛旗を翻し挙兵したのだ。関東では足利尊氏や新田義貞。西国では赤松円心。九州では菊池武時らが。そして後醍醐天皇が隠岐の島から脱出した報らせによって、その勢いはいよいよましていったのだ。

さらに新田義貞が鎌倉を攻めてそこを陥れると、幕府を支えていた北条高時とその一族は、激しい戦いの末に自ら腹を掻き切って果てたのである。最後は凄惨な場面を展開したのだ。元弘三年（一三三三）五月のことである。

建久三年（一一九二）に源頼朝が鎌倉に開府以来一四〇年余、わが国で始めての武家政治は、ここに幕を閉じたのである。後醍醐天皇による天皇親政の意志は、ついに成し遂げられたのである。そこに集まった公家や有力武将たちの働きはたしかにあったが、このことは何よりも、天皇個人の強い信念によって成就したものであることは、大きな驚きでもあったのだ。

千早砦に立て籠もり、幕府勢による囲みを解かれた楠木正成は、隠岐からの後醍醐天皇還幸の報らせを聞いて、その鳳輦を兵庫に出迎えた。そのとき天皇は、自らの言葉で、正成の今までの功労をねぎらったのである。これは臣下に対する天皇の言葉としては、考えられないことである。正成は感涙にむせんでその場を下ったのだ。世はこの一連の争乱のことを「元弘の乱」という。

後醍醐天皇による天皇親政のことはここに始まった。ではそれは、どういう政治体制か。一言にいって、これは復古と言ってよい。記録所を復活させ、雑訴決断所や窪所や武者所などの役所を設けたり、また新しい紙幣を発行するなどして、新政府は大いに意気ごんだ。しかしそこには、その成果を求めるあまりの性急さがあった。

それに今度の乱に功績のあった者への褒章には、かなり不公平な面があったのだ。公家には厚く、武士には薄くというやり方である。新田義貞や楠木正成、それに名和長年など、天皇の綸旨によりいち早く挙兵した武士こそ優遇されたが、都から遠く離れた地方で戦った者などは、自分たちは冷遇されたと思っている。それに政（まつりごと）が元に復するというからには、朝廷内では公家による支配が、再び強くなるということでもある。そしてこのことに真っ先に不満を唱えたのが、地方武士である。

彼ら地方武士、中でも関東の武士団の存在が大きかったのだが、その考えの中には、北条一族が支配した鎌倉幕府を懐かしむわけではないが、もう一度自分たち武士団の上に立つ棟梁を担ぎだそうという気運が、この時になって芽生えていたのだ。そしてその人物こそ足利尊氏だったのだ。

建武二年（一三三五）十月、足利尊氏が天皇に叛旗を翻えして、「延元の乱」の始まりとなる。天皇はただちに、新田義貞を総大将として鎌倉にいた足利尊氏討伐の軍勢を差し向けた。しかし新田勢は、箱根竹の下の合戦で敗れると、都に向けて逃げ帰った。勢いにのった足利勢の大軍が都に迫ったとき、正成が建策して、天皇を始めとする宮方の軍勢は、いったん比叡山に難を避けた。そして京都盆地の中に入った足利勢を袋の鼠として、四方から攻めたてるという戦法にでた。そしてこれが成功したのだ。

尊氏はこの戦いに勝算がないとみると、いち早く都を脱して西に走った。しかし彼が心に秘めた野心は捨てなかった。九州に行って捲土重来（けんどちょうらい）を計る。これが彼の野望だった。そしてこれがまた、彼を支える多くの地方武士の願いでもあったのだ。世は次第に、不穏な空気に包まれていった。

延元元年（一三三六）四月、尊氏はついに、弟の直義とともに大軍を牽いて九州の博多を発った。それはまさに大軍だった。九州や四国、中国のみならず、各地の武士団がこれに従った。彼らは足利尊氏を自分たちの棟梁として兵を挙げるというこの日を待っていたのだ。軍勢を陸と海と二つに分け、瀬戸内海沿いを東に向かって進んだのだ。

足利方の上洛の動きは、ただちに都に知れるところとなった。その勢いは、前年に尊氏が鎌倉に兵を挙げたときの比ではない。そこで早速朝廷では、後醍醐天皇の前でその対策が話し合われた。そこで正成が始めに声をあげた。先きのように足利方をまずは都の地内に誘いこみ、帝（みかど）はひとまず叡山に臨幸され、そのうえで、われわれは四方から討ちかかるのがよいとの、武士の作戦としてはそれが上策だと進言したのである。

しかしそれを遮った者がある。坊門宰相清忠だ。彼はこのとき従二位の公家で、天皇の信任は厚い。そこで彼が言うには、主上が一年のうち二度までも山門に臨幸するのは、帝位を軽ろんずるものであるといい、その軍勢に対しては、都の外で勝負を決するようにせよ、というものだった。そして正成に対しては、急ぎ兵庫に下るようにと命じたのだ。結果的にはこれが天皇の考えだった。

正成はここに意を決した。これ以上朝廷の場で、公家たちを説得しても意味がないと思うと、無念のうちにも兵庫への出陣を決心した。ここにきて彼は、公家だけではなく、後醍醐天皇の政にも失望したのだ。

正成は自分にとっては、最後の戦さになることを覚悟した。それはまさに死地に向かう気持だった。新田義貞を総大将として向かわせるにしても、足利方はそれに倍する軍勢である。それに意気ごみが違う。正成には今さら、自らの軍勢に謀りごとをめぐらすという思いもなかった。そしてこれが、帝から受けた今までの朝恩に対する、最後の報いだとも思った。

このあと、正成が率いる数千という軍勢が、兵庫に向かった。しかし楠木勢全軍ということではない。いまや楠木一族は、河内と和泉(いずみ)の国を領している。そこを支配するためには、それなりの軍勢を両国に置かなければならない。そこで正成は、同族の和田(にぎた)一族と計って、軍勢の多くをそこに残すことにした。都を発ってから間もなく、楠木勢の多くが河内へと帰っていったのだ。

それから間もなく、楠木勢の一行は桜井の宿に着いた。そこでは正成に従(つ)いてきた子の多聞丸(のちの正行(まさつら))を呼び寄せ、河内に帰るようにと説き、これにも何がしかの侍をつけて母の許に帰したのだ。そしていよいよ兵庫の地についた。

延元元年(一三三六)五月二十五日の朝は、早く夜が明けた。いよいよ「湊川の戦い」の始まりだった。正成が率いる楠木勢は、その数七百余騎。今までの楠木勢にしては、あまりにも少ない。しかしこれこそ決死の兵(つわもの)ばかりだ。そして万余の足利勢に対して正成は、海からは

正成の銅像の写真を入れた戦前の五銭札

遠く会下山（えげさん）の頂上に陣を敷いた。そこからは陸と海からと押し寄せる足利方の大軍が、眼下に見下ろせる。その数何万か、いや何十万か。彼が始めて見る、おびただしい数の大軍である。

楠木勢はまず、正面の敵に突入した。そしてたちまち乱戦となった。一方海からの足利勢はさらに東に進み、新田勢の側面に上陸した。ここも乱戦となったが、新田勢はそれを支えることもできずに、義貞は全軍の退却を命じた。そのため楠木勢は四方から敵に攻められることになった。しかしそれでもよく戦った。乱戦は午後になっても続いたが、正成もようやく決心した。新田勢が落ちていくまでの時間をかせいだのだ。

壮絶な戦いの末に楠木勢は大半が討たれたが、正成は残った数百の軍勢を、湊川の東方にある生田川の上流の布引口方面に逃れさせた。自分は死を覚悟しても、その部下を無駄死にさせることなく河内に帰したのである。そして自らは、配下の者七十数人と、とある一軒の農家に入り、そのことごとくが自刃したのだ。正成は弟の正季と刺しちがえて果てた。四十三年の生涯の終わりだった。後醍醐天皇にとって、楠木正成はまさに忠臣だったのだ。

足利勢は間もなく都に入り、後醍醐天皇を始め廷臣たちが山門に登り難を避けた。そんな中で正成の首が六条河原で梟首されたのだ。この惨たらしいやり方は、武士の合戦や争乱のあとにある、古くからの倣いでもある。湊川の戦いのあと、高師業の家来が楠木一族自害の場に踏みこみ、そして正成の首を馘首して都まで持ってきたのだ。

何日かたって尊氏はそれを知り、その首を鄭重に扱って、河内の正成の遺族に送り届けたのである。敵方の武将とはいえ、尊氏には正成個人に対する特別な感じ方があったのか。そしてこれを受け取った正成の肉親たちの嘆きと悲しみは、想っても余りあるものがある。

正成の首級はどこにあるのか。彼の妻久子と長子多聞丸によって、それはしかるべき処に手厚く葬られたはずである。ではどこにか。

いま河内の観心寺の境内に、正成の首塚といわれているものがある。しかしその謂れは定かなものではなく、彼の首塚は外の場所にあるという説もあるのだ。その外の場所とは、金剛山麓と千早砦の間に、正成の三男正儀の追福塔といわれる五輪塔があって、じつはそれが正成の首塚だというのである。そして観心寺にあるのは、もともと新待賢門院の陵墓だという説なのだ。

新待賢内院とは、後醍醐天皇が寵愛した女性阿野廉子(れんし)のことで、後村上天皇の生母でもある。天皇の政が世に失敗といわれた原因の一つが、彼女の存在にあったことは否めない。廷臣たちの叙位についても、いちいち口を出したりしたのだ。その彼女は、正平十四年（一三五九）四月に、吉野で亡くなっている。四十九歳だった。

湊川の戦いがあったその年に、後醍醐天皇が吉野に遷幸して、朝廷が南北朝と二つに分かれることになった。足利尊氏が光明天皇を擁立して北朝としたので、わが国はそういう異常な事態を迎えることになったのだ。ところがその後醍醐天皇も、三年後の延元四年には、吉野で崩御になったのだ。

こうした経緯をみてみると、正成の首級が新待賢院内の陵墓の上に埋められたというのは腑に落ちない。正成の方が先なのだ。それに観心寺というのは、もともと楠木一族とは強い絆によって結ばれている寺である。少年時代の正成は、この観心寺の僧瀧覚房の教えを受けて成人したのだ。また彼が河内の守護になったあとも、何かにつけて観心寺を庇護しているのである。その境内の一隅に、正成の首級があるのは当然のことであると思われるのだ。しかしそれを記した確かな書物は、今も昔もない。それは事実である。

ここに『河内名所図絵』という書物がある。享和元年（一八〇一）に上梓された本だ。江戸時代の後期になるのか。河内国内の名所や寺院などが、本文のほかに、多くの絵図が鳥瞰図的に描かれていて、なかなか面白い。その中に観心寺の風景が三葉にわたってある。表門と本堂それに裏門と。かなり広い敷地に建物や墳墓などが並んでいる。そこに正成塚というのがあるのだ。本堂の右手奥だ。

さらにそこには説明文もある。曰く。「楠木正成首塚　上恵廟の東にあり。延元元年五月廿五日、摂州湊川に於て戦死す。賊酋、其忠義を賞じて、首を楠家に送る。是によって、息男正行、中院滝覚に命して、埋ましむるのところなり」とある。これをみても、正成の首級は、子の正行によって観心寺境内に葬られたことが分かる。

もっともこのことについても、確かな文書が残っているわけではない。しかし江戸時代になってもそう言い伝えられていたことは、やはり正成の首塚のことは、何らかの事実があってのことだと思われる。それに正成亡きあと楠木一族の当主となった正行は、南朝によって左衛門尉に任じられ、観心寺などには、河内の国の国司としてしばしば文書を発給している。この地方にそれだけの権威を保っていたのである。

私は昭和四十九年九月にここを訪れた。千早、赤坂の砦の跡や、正成の出生地などを巡り歩いた末に、観心寺に辿りついたのだ。往時は寺領などはもっと広かったと思われるのだが、そのときは正門前がバス停になっていたりして、狭くなったのだろう。それでも本堂の建物は立派で、その周りは広い。本堂に詣でたあとには、すぐに首塚に向かった。境内の右手の裏にある。今までに、何枚かの古い写真でその姿は想像していた。そしてその場に立ったとき、それほどの変わりがないことにほっとした。

　その中に、これは多分明治の末期に撮った写真がある。間口が四メートルぐらいか。正面に幅が一メートルぐらいの石の階段がある。十二、三段もあるか。その階段を上がりきった処に、これも間口が二メートル半ぐらいの、石柱の柵で囲まれた土台がある。そしてその上にまた石積みの部分があって、正成の首級はその下に埋められているのだと想像する。背後は立ち木に覆われているのか暗い。

正成の首塚（昭和 49 年、著撮影）

　しかし私がそこを訪れたときもそうだったが、最近の写真では、その一帯にはもう一回りの石柱の囲いがあって、少し近寄りがたい感じがする。周りの空には大きな木が繁っているものの、それほどの暗さはない。そして奥の、僅かに陽が差している空間に、五輪の塔がかすかに見えた。正成の首級はその下にあるのか。

　土の中にあって、いま彼がどんな顔をしているかと想うことに偲びがたいものがあり、ただ安らかでありたいと思う。

二　六波羅探題北条一族の墓

まず、探題という言葉の説明を、簡単にしておきたい。これはもともと仏教界における用語で、この社会で仏教の経典や学説をきわめる際に、その論議ゃ問答の可否を判定する役のことを探題といい、その当事者を同じように探題とよぶことになったという経緯がある。

しかしここでは、鎌倉幕府の中で執権として権勢をふるった北条一族が、全国各地に幕府のお目付け役として設けた機関のことをいう。そしてそれは主に、武力によって地方の武士たちを監視するという役目をもっていたのである。六波羅(ろくはら)探題、鎮西(ちんぜい)探題、長門(ながと)探題、奥州探題、九州探題などである。そして何よりも幕府が重きをおいたのが、京都の六波羅探題である。

かつて平清盛ら平家の一族は、鴨川の東、四条と五条の間の、南北一帯に屋敷を構えていた。その平家が都落ちして一族が滅んだあと、それらの建物が焼け落ちた跡地が、源頼朝に下賜された。そしてそれをまた北条一族が受けついだということになる。

「承久の乱」(一二二一)のとき、鎌倉にあった北条泰時と時房が軍勢を率いて上洛し、乱を鎮めたあと、二人はしばらくそこに踏みとどまって事後の処理にあたった。その場所を六波羅館といい、これが実質的には六波羅探題の始まりとなる。ただその名称を正式に使ったわけではない。

当初は事務処理が多忙をきわめたのか探題を南北の二つに分け、北方を泰時が、そして南方を時房が受け持つことになり、おのおの六波羅北方、六波羅南方と二つの探題が置かれることになったのだ。そこにはおのずから格式があって、北方の方が上だという。そしてその長には、代々にわたって北条一族が就いたのである。

以後時代が下るにしたがって、六波羅探題の権威は強くなっていき、それが朝廷やそれに与する武士たちにとっては、つねに怖れをもって見られるようになった。探題は鴨川の向こう側から、たえず御所の動きをうかがっていたのだ。そればかりでなく、畿内近くの武士たちにとっても、その動静を探られることには、たえず用心をしていたのだ。

とそこへ「正中の変」の勃発である。これは後醍醐天皇による、鎌倉幕府討伐の最初の意志の顕われとして起きた騒動である。世に英邁な器とされていた天皇には、かねてより幕府に対する不満があった。それは幕府による武家政治そのものへの不満である。そして天皇親政を夢見たのである。

天皇家には従来から院政という制度があった。天皇だった人物が譲位して上皇となったとき、さらに新帝の上に立って政をみるという制度である。後醍醐の場合でも、初めは父後宇多法皇が院政をとっていた。しかし法皇の院政は元亨元年（元応三年）に止められて、後醍醐は政の実権をやっと手にしたのだ。しかしそれは、朝廷内での天皇親政にすぎない。天皇にはもっと大きなものがあった。その相手は鎌倉幕府そのものである。ただこれは、余りにも大きな相手だった。

後醍醐は、あの承久の乱のことを知っている。承久三年（一二二一）五月に、後鳥羽上皇が、北条義時追討の院宣を発して兵を挙げたのだ。その結果は、幕府の圧倒的な軍事力によって上皇方は大敗したのだ。戦いが終わって、上皇は義時追討の院宣を取り消したが、それもあとの祭。その後の幕府の対応と措置には厳しいものがあった。

乱の首謀者は後鳥羽上皇である。その上皇を隠岐に流し、またその子の土御門、順徳の両上皇なども、土佐や佐渡にと遠島にしたのである。まるで重罪人に対する厳しい処罰だった。かつて日本の歴史上、こんなことがあっただろうか。しかしこれが当時の、朝廷と幕府の力関係の実態だったのだ。幕府の権威は絶対的なものだった。いま後醍醐は、そのことをどこまで実感していたのか。

その頃後醍醐は、鎌倉の執権北条高時のことを噂で聞いていた。そしてそれをあの北条義時と比べていた。「義時ほどの才覚はないだろう」と。廷臣たちの囁きからもそう聞いていた。

その北条高時は、このとき二十二歳。鎌倉幕府第十四代の執権の座に就いていた。まだ若い。若すぎるといってもよい。しかも病弱だという噂もある。周りにどんな人物がいるかしれないが、要は本人次第だ。「それに幕府にはかつての勢いはない」。後醍醐はそうも見ていた。そして「今ならやれる」とも思った。それは決して妄想ではない。

この時、後醍醐天皇による鎌倉幕府討伐の企ては、すでに大方が出来上がっていたのだ。またこの頃、朝廷内にはさまざまな人物が揃っていた。吉田定房や万里小路宣房や北畠親房など、三房といわれる人びと。それに若手では、日野資朝や日野俊基や千種忠顕などと。中でも忠顕は、若い頃には無頼の徒のような生活を送っていたのだ。後醍醐はそこに目をつけた。年老いた重臣を遠ざけ、血気盛んな若い公家たちを傍においたのだ。

この頃朝廷では、無礼講という催しが行われるようになった。その名のとおりの慎みのない集まりである。とそこへ、さきにあげた若い公家が入ってきたのだ。無礼講では何をやってもよい。何を喋ってもよいというものである。旨く考えたものだ。

無礼講はやがて、幕府討伐の謀議の場となった。しかしその謀議のことが、早くも露顕したのだ。なんという様（ざま）だ。六波羅探題の軍勢が素早く動いて、天皇方の武士土岐頼兼や多治見国長の館を囲んで、二人を殺害した。この報らせはただちに鎌倉に届いた。幕府は謀議に参加したとして、日野資朝と日野俊基を捕らえて鎌倉に送った。これが世にいう「正中の変」のあらましである。正中元年（一三二四）九月の出来ごとだった。

ところがこの変に対する幕府の、後醍醐側に対する措置は意外と緩やかなものだった。一口でいうと、あまり事を荒立てたくないという気持があったのだ。このために、さきに捕らえておいた日野俊基と資朝に対する処罰もすぐに行われることはなく、俊基は間もなく京へ帰ることができたのだ。

「正中の変」のことは、ともかくもここで終わった。後醍醐天皇個人に累が及ばなかったことはよかった。そんな頃北条高時が出家して、執権の座を降りたのだ。法名を崇鑑という。まだ二十四歳の若さだ。次の執権には金沢貞顕が成ったが、これがその後十日ばかりで辞任するという異常事態になったのだ。どういうことか。じつはこの頃、北条一族の間では、収拾がつかぬほどの混乱状態にあったのだ。一族をあげての内紛である。

北条氏は、時政を始まりとして義時から泰時に至る。そして時頼や時宗など、その時代に名をなした人物は、いわゆる北条氏本流の出身である。しかし六代目の執権長時は泰時の弟の子で、名字を赤橋とする。そのあとには金澤姓や名越姓を名のるものも出現した。そしてそこから執権となる人物も出てくるのだ。執権職は次第に揺らいだものになっていった。金澤貞顕が一度は執権の座に就いたものの、すぐに辞めざるをえなかったのは、ほかの支族からの圧力があったからだ。このあとの十六代目の執権には赤橋流の北条守時が成った。鎌倉幕府最後の執権である。

後醍醐天皇は、この北条一族の内紛をどう見ていたか。そこに廷臣たちが囁き合う声が届いてくる。それによれば、高時は依然として執権としての権力を握っている。彼が凡庸な性格だとしても、得宗としての睨みを周囲の者に利かせるだけの矜持はある。たまには田楽に興じるといっても、それはたいしたことではなかった。

　このとき後醍醐は、正中の変の失敗を顧みながらも、倒幕の意志はますます堅くなっていた。とここに、志ある廷臣とは密かに策を練っていた人物があった。それは天皇の子の護良親王（もりよししんのう）である。後醍醐に似た気性を引き継ぎ、それ以上に荒い性格の持ち主だった。

　後醍醐はその護良を、あらかじめ比叡山延暦寺に入れておいた。そして尊雲法親王（そんうんほっしんのう）として天台座主に任じ、いざという時のために、山門の勢力を味方にとつけておいたのだ。大塔宮と称される人物がそれである。二人の親子の間では、ふたたび挙兵のための準備が進められていたのだ。

　ところがここに、思わぬことが起こったのだ。こともあろうに、公家の吉田定房が、鎌倉に、天皇に倒幕の謀議がありと密告したのである。定房といえば、天皇の側近としていちばん近いところにある人物だった。その定房が何ゆえに――。

　彼は日ごろから、天皇の行動には心を痛めていた。正中の変からはすでに七年が経っている。そのときの幕府の処分は、寛大だったといえる。後醍醐はそれに懲りるべきだったと、定房は思っている。しかし後醍醐は少しも懲りていない。それどころか近か頃では、またもや日野俊基らを唆して、何事かを企んでいる。幕府討伐の謀議だ。

　このことに対する幕府の行動は早かった。定房の密告により、幕府討伐の企ての首謀者は、今度も日野俊基であることを知り、また朝廷内において、鎌倉調伏（ちょうぶく）を祈願した文観や円観らの僧をも捕えた。彼らは直ちに鎌倉へ送られ厳しい詮議を受けることになる。いよいよ「元弘の乱」の始まりである。時に元弘元年（一三三一）五月から六月にかけてのことである。

こうなったら後醍醐天皇も素早く動いた。北条方の軍勢が、六波羅なり鎌倉から押し寄せてくることぐらいは覚悟していた。そこで北畠具行に命じて、諸国の武士に対して幕府討伐の檄を飛ばしたのである。もうあとには退けぬ決定的な事態になった。そして夜になって、叡山の護良親王からの早馬が、御所に駈けこんできた。その時がついに来たのだ。

後醍醐は急いで、三種の神器を携え女房車に乗って御所を出た。向かう先は都から南の方角、大和との国境にある笠置山だった。一行には近臣らしい者も殆どなく、千種忠顕や北畠具行らがやっと追いついた。

そこは伊賀から流れ下ってくる木津川沿いにそそり立つ、厳しい岩壁の上にある。しかし山全体はそれほど大きくはない。それに北側の岩壁こそ険しいが、南西に向かっては緩やかな傾斜地になっている。幕府勢を迎えて、どれだけ持ちこたえられるか。

戦いは六波羅勢が叡山を攻めたことにより始まる。天皇が御所を抜け出して、叡山に向かったという報らせが入ったからだ。しかし天皇は叡山にではなく、笠置に向かっていたのだ。六波羅勢は慌ててそちらに走った。幕府の北条一族は、いよいよここに、天皇自らが率いる軍勢と直に対戦することになる。こんなことは日本の歴史上、かつてなかったことだ。壬申の乱（六七二）や、平家が幼帝安徳天皇を擁して都落ちをした時のこととは、訳が違う。そしてそこに向かったのが六波羅勢だ。

　後醍醐の名による檄は、地方の武士たちの多くに届いた。そして今まで準備してきただけのことがあって、今回は少なからずの武士がこれに応じたのである。まず笠置山には、三河の足助次郎重範や河内の石川飛騨守義純。また近江の錦織判官俊政や柳生の一族などが馳せ参じた。また地方では河内の楠木正成が、続いて備後では桜山茲俊（これとし）が兵を挙げて幕府と戦っている。これはたしかに、正中の変の時とは違う。後醍醐はその手応えを感じたのだ。

　しかし事態はそれほど甘くはない。地方武士の挙兵といっても、各地に大きな勢力をもつ有力武将までは動いていないのだ。それに笠置山の戦さ自体が、どこまで保（も）つかも分からないという不安がある。四方から大軍でもって囲まれていれば、いずれ糧食に困るということになる。それまでに外から援軍が来てくれるかが勝負だった。

　その怖れがすぐにやってきた。寄せ手の六波羅勢は、始めこそ北側の岩壁に手をかけて背面に攻め上がろうとしたが、それは砦からの岩石の投擲や弓手（ゆんで）の狙い撃ちによって、手痛い目にあったが、まもなくその愚を悟った。そして或る夜、風と雨が激しく吹きつける中を、熊手や縄を使って岩壁をよじ登っていく一団があった。その数五十人もの多さ。彼らはやっと砦の一角に這い上がると、松明（たいまつ）に火をつけていっせいに駈け出したのだ。その火が、砦の中の建物のことごとくにつけられた。怒号がとび、大勢の人間の群が雨の中を右に左にと走り回ったが、これが笠置山砦焼亡の顛末だった。呆気ない戦いの終りだった。

『山中をさまよう後醍醐天皇』(『太平記絵巻』埼玉県立歴史と民俗の博物館蔵)

後醍醐は雨の中を辛うじて逃げたが、二日後には近くの有王山の山中で敵側に発見されて六波羅の手に渡されたのだ。そして剣璽を、この時にはすでに幕府によって擁立されていた、光厳天皇に手渡されたのである。これが幕府による、この乱に関わった人びとに対する処分の手始めとなった。

笠置山砦が落ちると、河内の楠木正成が立て籠った赤坂砦も、間もなく落ちた。乱はこれで収まったかにみえた。そこで幕府は、乱に関わったものの処罰を間断なく実行した。なかでも厳しかったのは、後醍醐天皇を隠岐の島に流したことだった。これには承久の乱の先例があるといっても、やはり厳しい幕府方の措置だった。

さらに、さきに捕らえておいた日野俊基や資朝、それに北畠具行や、武士では足助重範らをつぎつぎと処刑したのである。これで高時はひと息つくことができたか。

ところがそうはいかなかった。河内の楠木正成がふたたび、さきの赤坂砦よりもっと山奥にある千早に砦を築いて、兵を挙げたのである。それればかりではない。後醍醐の子の護良親王が吉野に、また播磨の国では赤松則村が、そして遠く九州では菊池武時が兵を挙げて、各地の幕府方の探題や陣営を襲ったのである。

それに幕府の命令によって千早砦を囲んでいた十万余の大軍のうち、このときになって、多くの有力武将たちが、急いで陣を離れて帰国する動きが見られた。後醍醐による幕府討伐の檄が、今頃になって利き始めたのか。いやそれだけではない。今まで自分たちの上に立っていた幕府の、その存在自体に、漠然とした疑いの気持をもつようになっていたのだ。

各地の武士たちには、天皇親政のことなど頭になかっただろう。しかしここにきて、やっと幕府討伐の気運が俄かに高まってきたのだ。それは誰にも共通する考えである。しかもそれは、関東から九州に至るまでの、日本の全土に拡がっていく気運だったのだ。情勢は一変した。鎌倉にいる北条一族と高時は、それをどう感じただろう。

ところがここに、大きな事態が発生したのだ。というのは、さきに隠岐に流されていた後醍醐が、そこを脱出して、対岸の出雲の浜に辿り着き、それを地元の武将名和長年が迎えて、船上山に立て籠ったというのだ。事態はまた一段と大きく動き始めた。それが元弘三年閏二月のことである。

一方では、これまたさきに播磨で兵を挙げていた赤松則村（円心）が、摂津において六波羅勢を打ち破って、いよいよ都にまで軍勢を進めるという気配になった。鎌倉の高時は意を決した。そこで一門の名越高家と足利尊氏（高氏）に対して、大挙京都への出陣を命じたのである。

だがその尊氏には、かねてから含むところがあったのだ。

じつはその尊氏は、京都に向かう途中に、後醍醐から高時追討の綸旨を受けとっていたのだ。彼にはかねてより、北条氏は平家、足利一族は源氏という思いがあった。このとき、事はそれほど単純なものではなかったのだが、尊氏はこの機に、北条氏討伐の決心を固めたのだ。そして京都を通りすぎて丹波の篠村に到ったとき、諸国の有力武将に対して書を送り、後醍醐天皇側に従くことの蹶起を促したのである。ここに事態は決定的となった。元弘三年四月二十九日のことである。

尊氏とともに西上した名越高家は、すでに入洛していたが、この頃六波羅勢はすでに守勢に回っていた。そしてその彼は、十日も経たないうちに、久我縄手の戦いで討ち死にしているのだ。さらに楠木正成の立て籠った千早砦を落とすこともできず、一方では畿内近辺で起こった天皇側の軍勢が、勢いを増して迫ってきている。

翌五月七日、六波羅探題はもはやそこをもちこたえることの不可能なことを悟った。そして光厳天皇を始め二人の上皇と皇太子を伴って、都を離れて鎌倉に向かうことを決心したのだ。これも、かつての平家の都落ちの態となった。このとき六波羅探題は、北方に北条仲時、南方に北条時益が就いていた。仲時とは、笠置山攻防戦のあとに後醍醐を捕え、鎌倉の命により天皇を隠岐に送った張本人である。そして今また、持明院統の天皇として高時が擁立した光厳天皇を、自らの手で鎌倉へ連れ去ろうとしているのである。手荒いやり方である。

一行は琵琶湖の東岸を、篠原、愛智河と進み、伊吹山の南麓を美濃の国に向かおうとした。ところがその行く手には、亀山天皇の皇子と称する人物を担ぎ出した野伏どもが、二千も三千もと集って構えていたのだ。京都を出たときには二千騎ほどもいた北条勢は、途中の小競り合いで少なからずを討ちとられ、また脱落する者なども出て、その頃には七百騎ほどに減っていた。

こんな状態では、天皇の供をして鎌倉まで行きつくことなどできない。しかも京都を出たときには、時益が早ばやと敵の矢を受けて討ち死にし、天皇さえ流れ矢に射られ疵を負っていたのだ。仲時は覚悟した。もうこれまでと。

北条仲時を始め北条一族四百余人は、琵琶湖の東、番場の宿の外れにある蓮華寺に入った。聖徳太子建立という古い寺だった。そこの本堂の裏手は広い。背後には木が繁っている。一同はそこまで行って、仲時の前に腰を下ろした。その先のことは誰もが分っている。銘々が鎧や具足を脱いだ。しかしまだ、仲時は声を発することはない。この期におよんで、まだ何かを待っていたのだ。しかしその男はついに現れなかった。彼が待っていたのは、一行の後陣を走っていた佐々木時信だったが、ここに至って姿を現すことはなかった。

仲時はやっと口を開いた。「当家はすでに武運は傾いている。我ら平家一同の者は、生前に受けた芳恩に報じながら死につく」と。そして自ら腹を掻き切ったのだ。それを見た家来の槽谷宗秋が、仲時の手から短刀をもぎとり、自分の腹にそれを突きさして、仲時の膝に抱きついてつっ伏したのである。

続いてそこにいた一族郎党は、互いに肩や腕を掴み、短刀でもって差しちがえたり、自ら腹を切って息絶えたのだ。その嗚咽の声と悲鳴が森の中に響き、早くも彼らの躰から溢れ出た血が、苔むした土の上を這って、本堂の横まで流れきたったのだ。その場の凄惨な情景を、なんと言い表してよいのか。本堂にいた天皇や上皇らは、それを正視することもできず、ただ茫然としていたという。

仲時とともにこの場で自害したのは、都合四百三十二人と『太平記』は伝えている。その多くが家族や一族で、血の繋りの強いものばかりだ。たとえば隅田源七左衛門尉などという武士は、親子や兄弟や従兄弟と思われる者たち、十人以上の男たちが運命を共にしたということになる。その名をあげると。隅田孫五郎、同藤内左衛門尉、同与一、同四郎、同五郎、同孫八、同新左衛門尉、同又五郎、同藤太、同三郎、と記されている。

これは一例である。思うに六波羅館に勤めていた武士は、鎌倉の地において、執権家の北条氏ときわめて強い繋りをもった一族であると想像することができる。

このあと、蓮華寺の僧侶たちは大変だった。四百何体もの武士や雑兵に至るまでの遺骸を丁寧に扱い、手厚く葬ったという。そして各々の名を克明に記し、それをのちの世に、過去帳として残したのである。時に元弘三年五月九日のことである。

蓮華寺に行くには、ＪＲの米原駅からがよい。駅前に出て右手に目をやると、形よい佐和山を眺めることができる。ここはかつて、織田信長の家臣丹羽長秀が築城した処で、のちになって石田三成の居城となった。しかし関ヶ原の合戦で西軍が敗れ徳川の世になると、この辺りは井伊家の領するところとなり、城は徹底的に破壊されたのだ。

蓮華寺は駅からは左手の方角になる。新幹線のガードを潜ると、三キロぐらいの位置にある。バスもあるが、タクシーで十数分で行ける。間もなく山門の前に出る。昔はこの辺りも境内だったというから、立派な寺だったのだろう。寺の周囲に森の立木はそれほど繁っていない。周りは暗くはなく、それに背後に山が迫っているということもない。

重厚で落ちついた、赤黒い色の本堂の右側を進んでいくと、小径の左側に夥しい数の石塔が、三、四列ぐらいに長く、整然と並んでいるのが見える。そこが北条一族四百余人の墓地である。思わず足を止めて、遠くからそれを見入る。と、やがてその墓の前に立つ。

墓地は中央の階段を挟んで、左右におのおの約十五メートルぐらいか。四段の石垣の上に隙間なく墓石が建っている。その墓石はすべて五輪塔で大小がある。中央に十段ぐらいある階段のいちばん奥に、一メートル半ぐらいの縦長の石碑があり、これには北条仲時の墓と記されている。そしてその左右に連なる五輪塔は、他のものよりもやや大き目で、これは仲時に近い武士たちのものか。あとは粗く積まれた石垣の上に、幅が二十センチ程度、高さが五十センチぐらいの五輪塔が、それこそ四百もと、しかも整然と並べられて立っているのだ。

近江、蓮華寺の北条仲時ら北条一族の墓地（2010年頃著者撮影）

五輪塔は本来供養塔であって、お墓、つまり墓塔ではないといわれている。そしてこれはそもそも密教の教えから発生したものであって、塔婆の一種なのだということである。しかし時代が下るにしたがって、これもお墓の上にある墓塔として扱われるようになった、という経緯があるのだ。

それらのことを考えながら、この蓮華寺において、当時北条一族の人びとがどのようにして葬られたかということを想像してみる。四百体以上もの亡骸を手厚く葬るといっても、この寺の関係者にとっては、大変な労苦だったと思われるのだ。

その仕事は僧侶だけではできない。周りに住む多くの人びとの手によって、大きな穴を掘って埋められたのだ。その上に土を盛り、幅広の長い塚のようにした。そこで少し落ちついたと

北条仲時の墓（著者撮影）

ころで、各おのの戒名を刻んだ五輪塔が作られたのだ。誰が誰をのということではない。俗名は彼らが寺に入ったときに記帳されたのか。これほどに、過去帳がたしかに後の世にの残されたということも珍しいことである。

いま、四百何人かの武士たちの亡骸と魂は、近江の地にある蓮華寺の境内の奥に、静かに眠っている。寺側の手厚い扱いが見た目にも分かるように、そのたたずまいはまるでいま、現世にあるかのように清々しくあるのだ。小さく、形を崩したような五輪塔さえ、気のせいか生きているように見えるのである。五輪塔は、新しく大きく、ぴかぴかしたものよりもこのほうがよい。

胸騒ぎも感じられない、北条一族四百余人の、武士たちの姿さえ写っているような、その墓地である。

三　北条高時の墓

鎌倉の町は、若宮大路以外に大通りはなく、道も真っすぐではなくとても分かりづらい。それに観光客が多く訪れるわりには、地元の人びとは、この町の歴史や名所などについて、余り識っていないようにも思われる。いや識っていても、きちんと教えてくれないのだ。それは彼らの仕事ではなく、市役所の職員なり観光業者のやることなのかもしれないが。

たしかにそれはある。私は前にもそういう目にあった。オーストリアのウィーンで、市電の停留所の所在について傍らの屋台の男に尋ねたところ、「それは俺の仕事ではない。あっちへ行って聞いてくれ」と怒ったように言われて、苦笑してしまった。鎌倉の市民にとっては、観光客など本当に煩わしい存在なのだ。申し訳ないと思う。

それでもタクシーの運転手は親切だった。前に一度、若宮大路の角で、北条高時の墓の在りかを警察官に尋ねたところ、結局は違ったところを教えられて、また大通りまで戻ってきたことがあった。べつに不快に思うこともなかったが、彼らにはそのようなものに、関心がないのだと思った。いたしかたないのだ。

ところが何年か経って、ふたたびそこへ行ってもらうようにとタクシーに乗ったら、その運転手はとても親切だった。若宮大路から、一本東側の道を北に向かって走る。いや走るというようなものではなく、その先が渋滞しているのか、ひどいのろのろ運転なのだ。それでも運転手は辛抱づよく、時どきは面白い話をしてくれた。「お客さんの中には、墓地だけを巡り歩く人がいる」などと。

渋滞をやっと通り抜けたかと思った処で、車は東に曲がり、「あれが法戒寺」と説明されたところから少し行くと、小さな川を渡った。そして一戸建ての住宅が密集して建っている前の小径をさらに行った辺りで、やっと車は止まった。左側の荒れた草むらの前に一本の標識があり、そこが北条高時らが自害した、「腹切りやぐら」ということだった。

そこまでは、まだ五十メートルぐらいあるのか。運転手は道というほどにも整備されていない、草むらを踏んだだけのやや勾配のある径を進んだ。そして後ろを振り返って言うには、「女房と一度ここに来たことがあったが、彼女は或る霊気を感じて、ここへはもう二度と来ない」と言ったという。そう言われれば、初めてそこを訪れた人には、たしかにそういう霊気を感じさせるものがあると思った。「やぐら」とは、一般的に矢倉とも窟とも言われるが、鎌倉辺りでは墓場のことをそう呼んでいる。

崖の下のような、樹木や草が生い茂った中に、そのやぐらはぽっかりと口を開けていた。幅が約二メートル、高さは一・八メートルぐらいか。奥行きは三メートルぐらいで、奥へ行くほ

北条高時らが自害した、「腹切りやぐら」

ど狭くなる。中は殆ど平たく、周りの岩は、火でも焚いたのか黒ずんでいる。そしてその中央やや奥寄りに、高さが四十センチほどの石塔が置かれている。それが高時の墓と称されるもので、周りには何もない。

史実は、鎌倉のあの最後の日、高時を始め北条一族は、葛西谷（かさいがやつ）の東勝寺で自害したと記されいる。しかし今、その東勝寺の跡形は何もない。これは不思議でさえある。鎌倉やこの辺りの当時の建物の跡は、たいていは何らかの形を留めているものである。しかしそれが無いとは——。

北条高時という人物は、『太平記』などにより、かなり悪評されているが、ほんとうにそうだったのか。闘犬や田楽にうつつを抜かしたとあるが、これはある意味で個人の趣味の問題である。少し前の時代までに流行（はや）った「今様」などは、その歌や踊りなどに、朝廷人（びと）も夢中になったというから、高時が田楽に夢中になったからといって、そのことで彼の所業を責めるということは、少し酷な気もする。

武家寄りの書『梅松論』などが記すように、頼朝により開かれた幕府と将軍家を、北条一族は時政と義時以来、執権としての政務をとってきた。しかし高時が執権になってからの十年間は、「関東の政道、やうやく非義（ひぎ）の聞こえ多かりけり」としている。

しかしこれは、高時個人の失政によるものではなく、ここに至って、武家社会を統（す）べる幕府の制度そのものが、時世に合わなくなってきたからである。もはや地方の武士は、その勢力の大小を問わず、大きく変わろうとしていたのだ。そこに後醍醐天皇の登場があり、一方では北条高時が執権の座に就くことになったのだ。これは高時にとっては、不幸な歴史の巡り合わせである。

嘉元元年（一三〇三）に高時は生まれた。父は北条貞時、母を安達泰宗の娘とする。すなわち、あの「元寇」を戦った時宗の孫にあたる、申し分のない家系の中にある。ただ父の貞時が彼の九歳のときに没したので、高時は少年の身で家督を継承することになり、また正和五年に十四歳で執権職に就くことになった。これはたしかに、彼の身には重荷になる。

高時は元来が虚弱体質のようだった。母にはそれが心配事だった。武士の子らしく、彼が武芸に励んだということは聞いたこともない。そのかわり読書はした。また若くして禅宗に心を惹かれ、南山士雲（なんざんしうん）の説教を好んで聞いた。彼がその師を描いた絵が残っている。穏やかな画風である。そういう優れた個性もあったのだ。

しかし高時にとってその頃の武家社会の動きには、目まぐるしくも厳しいものがあった。それを執権としてどう対処すべきか。高時はその重圧をひしひしと感じていた。幸い彼の周りには、同族の有能な人物が何人かいた。彼らが若い高時を支えたのだ。金澤貞顕や長崎高綱あたりが、彼の後見役として政務をみた。

ところがここで勃発したのが、後醍醐天皇による「正中の変」だった。その経緯はさきに述べたとおりである。後醍醐側から仕かけられた変だったが、幕府はこれを穏便に処理した。承久の乱のことと比べて、幕府側には、すでにその勢いがなかったのだろう。

その正中の変の二年後、高時が病いにより臥(ふせ)った。彼が時により床に就くことは、今までにも度たびあったことだ。しかし今度のは違う。彼もすでに二十四歳の大人である。病人が執権として政務ができないことを自覚すると、その職を辞して出家してしまったのだ。そして法名を崇鑑とした。自信もなく、よほど思い余ってのことだった。

その後高時はどうしたか。病に臥し気も沈んでいたが、その後周りの人びとの手厚い看護により、立ち上がることができたのだ。そこで彼は、病気回復のお礼として伊豆や箱根、それに三島などの霊場を巡り歩いて、神仏に詣でているのだ。体力もつき、元気も取り戻した。まだ二十七歳という若さだ。そこで次に彼が何をやったかというと。それは田楽と闘犬である。

田楽とは、これは日本に古くからある、農民の田植えなど農作業でのさいに行われる、歌や踊りが芸能化されたものである。始めは、農作業の辛さを紛らわすために、田圃の畦道などで行われたが、それが次第に職業化されて、歌い手と踊り手が組んで、座を作るようになったのだ。この頃京都でも鎌倉でも、公家や武士や庶民までもが、そういう座の芸人に熱をあげて贔屓にしたのだ。高時がこれにうつつを抜かしたというが、これは決して呆けたのではなく、むしろ健全な遊びといえる。

そして次の闘犬は、これまたずっと趣きを異にする。わが国に犬が移入されたのは、それほど昔のことではない。せいぜい二、三千前のことだと言われている。今の中国や朝鮮半島からのものなのだ。だからその頃の犬と鎌倉時代の犬とでは、人間へのなつき方では多少違ったものがあったかもしれない。しかしともかくも、当時でも犬は、比較的人間に近いところにあったのだ。そして高時は、その犬をけしかけて闘犬を楽しんだのだ。

この頃の闘犬には、ふたとおりのやり方があった。一つは武士が馬に乗って、放たれた犬に矢を射かけてその技を競うもので、流鏑馬（やぶさめ）や笠懸（かさがけ）などと同じようなものである。この技の優れた武士は、これだけで面目をほどこしたのだ。

そしてもう一つの闘犬は、少々荒っぽいやり方だ。この場合は闘犬というよりも犬合わせというって、犬を何十匹も集め、それを敵味方双方に分けて向かい合わせ、嚙み合わせるといういささか乱暴な競技なのである。競技というよりも、それをけしかける男たちの、一種の興行みたいなものなのだ。しかも高時はこれを好んだのだ。その気持は分かる。

「相模入道田楽を弄び……」図

彼はもともと、馬に跨がり太刀を振りかざして、騎馬武者の先頭に立って荒野を駈けめぐるということが苦手だった。しかしそれでは、北条一族の得宗としての執権の役は勤まらない。それもあってか、坊主になってしまったのだ。しかしそれも癒えた。といって、一日じゅう経を読むつもりもない。ただ執権を辞めても、一族の者に睨みを利かすだけの心づもりはあるが、面倒なことは周りの者がやってくれる。そこで前から願っていたように、田楽と闘犬に熱をあげたのだ。

しかしこうした高時の行状が、周囲の人物のひんしゅくをかったのは事実だ。人心、それは主に関東のご家人だが、彼らはすでに執権の存在そのものを無視するようになった。幕府体制は累卵の危うきにあったのだ。そしてこのときに「元弘の乱」が勃発したのだ。

後醍醐天皇が笠置山へ遷幸したのも早かったが、幕府側も六波羅探題などが素早く対応した。河内などで楠木正成らが挙兵したものの長くは続かず、笠置山も一か月足らずで落ちた。六波羅方は後醍醐を捕えると、鎌倉からの指示により隠岐の国へ遠島という厳しい手を打った。「承久の乱」の前例に倣ったのだ。しかしその後の事態は、幕府の思いどおりにはならなかった。

乱の首謀者である日野俊基や資朝を殺害したあと、鎌倉には次なる報らせが届いたのだ。楠木正成が今度は千早の砦に立て籠もり、後醍醐の子の護良親王が、その近くで近在の武士たちを募って挙兵したというのである。ここまできて幕府は、これは容易ならざる事態になったということを、やっと悟った。高時はそれをどう見たか。

彼はひしひしと感じていた。後醍醐や京都あたりの豪族たちの挙兵のことではない。もっと身近な処で、何かが動いている、と。それは何か。鎌倉に近い相模や伊豆あたりの武士が動いているのとは違う。もっと遠くで、地鳴りのような音を響かせて動いているのだ。もっと遠く――。それは武蔵の向こう側、下野（しもつけ）か上野（こうづけ）あたりか。

高時はそこに、足利尊氏の軍勢があることを知っていた。その一族が、源氏の末裔を名乗っていることも承知している。しかし尊氏個人は、六波羅探題北条久時の娘を妻としているから、近年は北条一族の近い処にいたのだ。しかし高時は、決して尊氏に心を許しているわけではない。自分より二つ年下といっても、その人柄にはしたたかなものを感じていたのだ。

この頃になるとおもに、西国や九州で、後醍醐天皇の綸旨により続々と兵を挙げる武士が増えてきた。これに対して六波羅探題や鎮西探題の幕府方が戦っているが、旗色は決してよく

北条高時

ない。そこで高時は、北条一族の名越高家と足利尊氏に命じて、その鎮圧のための上洛をさせたのである。これは高時が後醍醐勢に対する追討軍としては、最大のものだった。形勢を逆転するための、最後の切り札といってよい。

　しかしまた、鎌倉に向かってくる軍勢の足音を、高時は遠く聞いていた。彼は、ようやくここにきて、鎌倉を、いつ襲ってくるか分からない外敵に対して備えなければならないと思った。

　そしてついに、さきに上洛させた筈の足利尊氏が、後醍醐側に従いて、北条一族討伐の書を、四方の武士に送っているという報らせが鎌倉に届いたのだ。彼らの上洛から、ちょうど一か月後のことである。高時が密かに怖れていたのは、このことだったのだ。彼はひどく狼狽した。「鎌倉はどうなるか。我ら一族はどうなるのか――」。そう思いながらも、彼に逡巡している暇はなかった。

　ここに至って、北条方の軍勢の動きが混乱した。とそこへ今度は、上野の新田義貞なる者が兵を挙げて鎌倉へ向かっているという報らせが入ってきた。そしてさらに、六波羅探題を持ちこたえることができなかった北条仲時らの一行が、鎌倉へ帰りつくことなく、近江の番場で自害して果てたという報らせも届いたのだ。高時はようやく決心した。もはや逃れられる術はないと。

新田勢の侵攻は早かった。新田も源氏の後裔を称し、足利一族とは先祖を同じくしている。そのためか、義貞の下知により、そこに集う軍勢はことのほか多く、関東平野を真っすぐに南下してくるのだ。その様子が手にとるように見える。しかも義貞は、尊氏の子の千寿王なるものを奉じているという。そうなればその勢いは、ますます大きくなっていく。またそこには、北関東の結城宗広の軍勢も加わっていて、彼ら地方武士は、雪崩を打ったように新田勢の配下となったのだ。

元弘三年五月十七日になって、新田勢はついに鎌倉の北藤沢に姿を現わした。その前日には、高時が差し向けた北条泰家の軍勢が、新田方に敗れて逃げ帰ってきていたのだ。泰家は高時の異母弟である。その人物の率いる軍勢が負けたとなると、これはもう絶望的だった。あとは、鎌倉でどう戦うかだけの戦術しかなかった。

高時はこれが最後だと観念した。政時以来の先祖人（びと）が時によって見せた政治的な手腕やその業績を、自分がいまここに汚（けず）して、跡かたもなく空しく葬むってしまうという自責の念は、今となっては、いかにも力ないものだった。

新田方の鎌倉への攻撃は、五月十七日から始まった。鎌倉の地は、南は海に面し、背後の三方は山によって囲まれているが、決して守るに堅いとは言いがたい。山といっても低い丘陵だ。東に向かって僅かな逃げ道はあるが、北条一族が始めから戦わずしてそこへ向かうとは思えない。彼らもここまできたら名を重んずる。

鎌倉の西北部一帯に陣を敷いた新田勢は、まず北と西から攻めかかった。北側の小袋坂切り通しから大仏切り通しへ。さらに南の極楽寺の切り通しから、海辺の稲村ヶ崎へと。新田勢は主力をこの方面に展開させて、鎌倉突入へと攻めたてた。これに対して北条方も、積極的に打ってかかった。しかし赤橋守時の率いる軍勢も、早ばやと新田勢に討ち負かされた。

合戦の場は次第に南の方角に移り、その激しさに、新田方も大将大舘宗氏が討たれたりして、損害も大きかった。しかし五月二十一日の夜、義貞は潮が引いた稲村ヶ崎の干潟を大軍でもって渡って、一挙に鎌倉の市街地に突入した。ここで戦局は大きく変わった。

五月二十二日は、朝から両軍入り乱れての戦いとなった。しかし北条方には、もはや軍勢を纏めて指揮をとるものなど誰もいない。肝腎の高時は、若宮大路の東側にある執権邸に入ったままだ。そこへ時折り、戦いの合間をぬって走り込んでくる武将がいる。高時はそれに対して、二言三言の指示を与える。入れ替わり立ち替わり、そういう一族の武将が姿を見せていたが、それも次第に少なくなっていく。

鎌倉の市街地には諸所に火が放たれ、武士や庶民たちの喚声やわめき声が、遠く近くから聞こえてくる。しかし高時は動かない。動いても無駄だということを、とうに知っている。今は一族や家来どもがそこに駆け込んでくる、そこに自分が在るということに意味を見つけたのだ。ここに端座していることこそが、得宗としての自分の勤めだと思ったのか。

最後に長崎高重が息をきらして帰ってきた。それが合図となったのか、高時は立ち上がって屋敷を出た。そして小川ほどの滑川の東側にある東勝寺に向かった。つき従う者二百余人か。本堂に入った一族の者に声もなく、高時は傍らの小冠者に促されて、自ら腹を掻き切った。このあと本堂の中の者、境内に居並んだ者、門前に控えた武士や侍や雑兵に至る者二百余人が、各々腹を切り首を刺し、嗚咽に声を押しつぶしながら息絶えたのだ。男たちの凄絶な最期である。時に元弘三年（一三三三）五月二十二日のことである。高時三十一歳の生涯の終わりである。

いま改めて、腹切りやぐらの前に立って、往時に想いを馳せてみる。やぐらの手前左手には、ただ雑草が生えただけの広場がある。二百坪ぐらいの広さか。ここに東勝寺があったというが、それを想い浮かべることもできない。いま鎌倉は、寺も民家も狭い処にひしめいて建っているが、あの時のことは夢か幻だったのか。いや、そうではない。それを忘れることはできない。

タクシーの運転手の奥さんが言ったとおり、腹切りやぐらとその前にある雑草が生えただけの広場には、たしかに霊気が感じられるのだろう。それに耳を澄ませば、男たちの嗚咽が聞こえるかも。その男たちが死んだあと、彼らを弔うものなど誰もいなかったのか。だいいちそれを弔う男たちすら、焼けただれた鎌倉にはいなかったのだ。

高時たちが去ったあと、執権館から火の手が上がった。そしてここ東勝寺も間もなく焼け落ちたのだ。のちになって足利尊氏が、高時らを弔うために館の跡に寺を建て、それをいま法戒寺といっているが、はたして高時を始め北条一族は、何と思っているか。尊氏には妙な癖があって、彼によって吉野へ追いやられた後醍醐天皇がその地で崩御したあとも、その霊を弔うためにか、嵯峨野に天竜寺を建てている。人間は勝手なもので、それで赦されると思うのか。

切腹やぐらには、たしかに今でも霊気が漂っている。去りがたい処である。

日野俊基の墓

鎌倉の市街地の西側、源氏山公園のさらに西に日野俊基の墓がある。今のガイドブックには、それを無視しているものが多い。だから地図には殆ど載っていない。

正中の変と元弘の乱の始めと、二度にわたって幕府に捕らえられ鎌倉に送られてきた俊基は、最後はここで斬られて亡くなっているのだ。後醍醐天皇にとっては、忠臣ともいえる公家だった。

このとき、それに似た運命を辿った公家がもう二人いた。日野資朝と千種忠顕である。俊基と資朝は、同じ藤原氏でも式家と京家という別流の子孫であるから、近い姻戚関係にはない。

また千種忠顕は村上源氏の流れを汲んでいるから、三人は代々朝廷人(びと)だったわけだ。

正中の変と元弘の乱の発端とその後の経過については、すでに述べたとおりである。三人と、それに同調する若手の公家や、京都の近くにいた武士たちの何人かが集まってやったのが、無礼講という馬鹿騒ぎだった。後醍醐の指示によるものか、そこで密かに語られたのは、鎌倉幕府討伐の謀議ある。

　正中の変のことはあっけなく終った。しかしこれは、幕府にとっては重大事である。だが後醍醐天皇に対して、じかに詰問するなどということはできない。そこで幕府は、日野資朝と俊基を捕らえて鎌倉へ送ったのだ。執権の北条高時は大いに怒ったが、彼の生母のとりなしもあって、ことは穏便にすまされた。このとき俊基は京都へ帰され、資朝は佐渡に送られたが、ともかくも死罪にはならなかったのだ。幕府はこうして、二人を別扱いにしたのだ。その訳は――。

　じつは資朝と俊基には、大きな違いがあったのだ。外向性と内向性、陽性と陰性とに分けるのはいささか乱暴かもしれないが、二人にはそんなところが多分にある。

　資朝は俊基と比べて、朝廷内における身分はやや上にある。従三位になったときには、検非違使別当になっている。つまり武力でもって非法なものを取り締まるという、権限の強い行政庁の長となったのだ。これは彼の性格に向いていた。行動力があり、直情的な面に多少の危うさはあっても、この仕事は彼には打ってつけだった。それに弁もたつから、交渉ごとは上手い。

　これに対して俊基はというと、資朝よりは頭がよいというのは、少し言い過ぎか。しかし彼は熟慮断行型で、考え方は深い。後醍醐の申しつけによって、幕府討伐の策を練ったのも、彼の意見によるところが大きかったと思う。それに近在の武士たちに対しての挙兵を促す根回しにしても、彼が周到に行ったとみられるのだ。

　正中の変と元弘の乱の始まりとでは、幕府の態度はまったく違った。今度は容赦なかった。六波羅探題や鎌倉からの軍勢も素早く動いた。そんななかで日野俊基は鎌倉へ送られたのだ。彼としても弁解の余地もないし、幕府としても詮議の必要もなかったのだ。彼は死を覚悟した。

日野俊基の墓

　俊基が都を離れるとき、彼の妻は嵯峨の奥に忍んで暮らしてした。そこに仕えていた後藤助光という侍がいた。彼は主人の最期を見届けようと鎌倉に下り、俊基の動向をうかがった。そして或る日、俊基が輿に乗せられて葛原が岡に向かうのを見た。とその先には大幕を引いた中に敷物が拡げられ、俊基はそこに座らされた。助光は驚いて、検視役の工藤高景に願い出て、俊基の妻からの手紙を俊基に届けてもらうようにと哀願したのだ。それを受け高景もこれを許した。

　俊基はその手紙を読み涙にくれたが、思い直して、自分の髪を少し切って、手紙に添えて助光に手渡した。そして辞世の言葉を残して首を打たれたのだ。元弘二年六月三日のことという。

いま俊基の墓は、彼が処刑された葛原が岡の同じ地にある。処刑のあと遺体は助光がそこに埋め、首は灰にして都へ持ち帰り、俊基の妻に遺品とともに手渡したという。だから彼は今も、その墓の下に眠っているはずである。墓石は高さが一・七メートルぐらいで、これは形からすると宝篋印塔（ほうきょういんとう）というもののようだ。一辺が二メートル四方の石の柵の中にある。それほど古くは感じられないので、後世になって改めて弔われたのかもしれない。そこはいま、葛原ヶ岡公園の一角にあり、木々も取り払われた、明るく晴ればれとした中にあり、俊基はどう思っているのか。

かつては木々の色も濃い、静かなたたずまいの中にあっただろうと思う。日野俊基の死に場所としてふさわしく。

護良（もりよし）親王の墓

世に『本朝皇胤紹運録』というものがある。日本の天皇家の系図で、その始めには、天照大神や第一代神武天皇が出てくる。その中で第九十五代の天皇として、後醍醐天皇のことが記されているのだ。

それによると後醍醐には男子が十八名、女子が十四人の子供がいたことになる。子供も多かったが、その相手となる女性も、皇后以外に数多くといたことになる。中でも恒良、成良、義良各親王の母である阿野廉子(あのれんし)に対する天皇の寵愛ぶりには、目に余るものがあったようだ。後日それが、護良親王の悲劇の因となったのだ。

「元弘の乱」の始めの頃、護良の働きには目覚ましいものがあった。後醍醐はそれを頼もしく思った。じっさい護良の活躍は、正成が立て籠もった千早の砦を背後から支え、寄せ手の鎌倉方を慌てさせ、やがて彼らはその囲みを解いて本国に帰っていったのだ。その功は大としなければならない。

しかし幕府が滅びると、そこに新しく登場してきたのが足利尊氏である。後醍醐は彼の野心を感づいていた。ところが護良はそれ以上に警戒心をもち、激しく敵愾心をつのらせたのだ。父後醍醐の意志により天皇親政の政を押し進めるならば、尊氏はすみやかに排除しなければならない人物だったのだ。排除とは、武力でということになる。

護良は考えをめぐらした。このさい自分が征夷大将軍になって、尊氏を討伐すると。これは決して彼の野心から出た考えではない。父後醍醐もそう考えてのことであるし、そうするのが、新しく台頭してきた武家勢力に対する、最も効果的な手だてだと思った。そして彼は、その意志を面に著わすことを憚(はばか)らなかったのだ。

しかしこのとき、護良のその心の内の動きを察知した女人がいた。その女人こそ阿野廉子である。彼女は自分の三人の子、すなわち恒良や成良、義良よりも護良の方が年上で、しかもそれまでの実績をとくと承知している。後醍醐の子とはいえ、護良はわが子らにとっても好ましからざる人物だった。このままでは——。

一方後醍醐による政は着々と進められていったが、この頃になって尊氏の周りに集まってくる武士たちが、次第に多くなっていったのだ。それはたしかに、鎌倉幕府なきあと尊氏によって新しい何かを作ろうとする武士たち、それは地方武士を含めての彼らの願いでもあり、意思表示だったのだ。護良がそれを見て、黙っている筈はなかった。そして尊氏を成敗するとまで考えたのだ。

しかしここで、突然恐ろしいことが起こったのである。清涼殿での和歌と管絃の公宴に出席しようとした護良に、暗がりの中を飛び出してきた二人の男がいた。それがものをも言わずに、いきなり護良の躰に抱きつき、もう一人が両腕を捩じあげて押し倒したのだ。あっという間の出来事だった。

宮中の中でこんな乱暴なことをするのは、いったい何ものなのか。その二人とは名和長年と結城親光だった。二人とも乱の功績により、この頃になって、武士とはいえ昇殿を許される身分になっていたのだ。護良は有無を言わさず、御所の中の一室に閉じ込められてしまった。しかしこのようなことを誰が命じたのか。ところがそれを命じたのは、こともあろうに後醍醐天皇その人である。

後醍醐はかねがね、護良親王の足利尊氏に対する敵意に満ちた言動に気を揉んでいた。いまや武士たちの棟梁面をしている尊氏には、それだけの力があることを後醍醐は知っている。今になって敵に回したくない相手だ。しかし一方では護良の言い分も分かる。彼が言うように、尊氏が征夷大将軍を望んでいることも承知している。

二人の言い分を二つとも受け入れることはできない。どちらか一つを撰ばなければならない。そんなとき、阿野廉子が後醍醐に囁いた。「護良は、帝位を奪うために兵を集めている」と。これは極めて強い讒言である。しかも後醍醐は、これを真に受けたのだ。そして結城と名和に命じて護良の身を拘束したのだ。こんなことがあるのか。かりそめにも後醍醐と護良は親子である。しかも数日後、後醍醐はその身柄を敵対する足利方に引き渡すことになるのだ。

『太平記』はこの事件を、中国の歴史的な事件を譬えとして書いている。阿野廉子の後醍醐に対する仕掛けを、傾城の所業としているのだ。傾城、つまり国を傾ける、国を滅ぼすという意味である。廉子は国の政よりも、つねに三人のわが子のことを案じていたのだ。

護良は後醍醐に対して宥免の書状を送ったが、それは父の手許に届くことはなく無視された。そのうえ身柄は、鎌倉の足利直義の手に渡されたのだ。これは罪により遠島に処するという意味が込められていた。護良の無念さは、いかばかりであったろう。年号が元弘から建武に変わった、その年の一月のことだった。

翌建武二年になると、世は再び争乱の兆しが見えはじめ、鎌倉あたりが騒然としてきた。そしてそれより以前、都では一大事がもち上がったのだ。公家の西園寺公宗らが、事もあろうに、天皇を暗殺しようという企みが発覚し、一味が捕らえられたのである。西園寺家は、朝廷の中では、かねてから幕府寄りと目された家柄で、生き残った北条一族の一人がそこに訪ねてきて、そのことを企んだという。そしてこれと連絡をとったと思われる動きが関東の地で勃発したのだ。

建武二年（一三三五）七月、北条時行が信濃において兵を挙げた。時行とは高時の遺児で、あの鎌倉滅亡の日にそこから逃れ出ることができ、関東周辺に潜んでいたのだ。そしてその復讐の気持を、たえず抱いていた。復讐の相手とは、足利尊氏、直義兄弟である。しかもこの時行の挙兵の檄には、多くの地方武士たちが、直ちに応じたのである。すなわち伊豆や駿河、武蔵、相模や、それに甲斐の国の諸族たちもが。それは執権だった北条一族に与(くみ)するばかりである。

同じ七月の二十二日になって、時行に従う軍勢はさらに勢いを増し、武蔵からいよいよ、足利直義のいる鎌倉をうかがうほどに迫っていた。これに対して直義側も鎌倉から出陣した。しかし勢いに乗った北条勢に敗れると鎌倉に逃げ帰った。この状況になって、彼はどう処すべきかと判断に迷った。兄尊氏は、いま京都に居る。自分一人ではここを持ちこたえることは、とても不可能だ。そこで咄嗟に考えた。この窮状にあっては、都にいる兄尊氏を頼るしかないと。それにはあの護良を――。一瞬の逡巡があったが、彼は決心した。

それから間もなく、直義の家来淵辺義博が数人の侍を従えて、町なから東、低い丘の裾にある、とある御堂に辿りついた。そこには、さきに後醍醐から直義に身柄を預けられた、護良親王が閉じ込められている。その建物の中にある土牢の中に護良はいた。義博はその小さな入口から、太刀を引き抜いて中に飛びこんだ。彼は直義から宮を殺すようにと命じられたのだ。二人は大声をあげて揉み合ったが、護良にはすでにそれに抵抗するだけの力はなく、義博に首を掻き切られたのだ。あっという間の出来ごとだった。これが大塔宮護良親王二十七歳の最期だった。時に建武二年七月二十三日のことである。

義博は護良の首をかかえて外へ出てみると、その顔は、義博が斬りかかったさいに折れた太刀の先を口にくわえ、目はまだ生きた人間のように見開いていたため、その物凄さに、首を藪の中に投げ捨てたという。このあと直義は、成良親王を捧じて京都に向かったのだ。成良は護良の弟宮に当たる。この二人の境遇の冷酷な違いを、他人はなんとみる。そしてこれが、二人の父後醍醐のやりようなのか。

いま、その建物のあった跡に鎌倉宮が建っている。祭神を護良親王としている。そしてそこから東に、二階堂川を渡った辺りを左に折れると、彼の墓地がある。三十年ほど前、私はそこに詣でたことがある。それほど深くはない、林の中の細い道の先に石の階段があった。階段は狭く、それが見上げるような勾配で、上まで一直線に何十段と延びているのだ。

雨上がりの日で階段は濡れていたが、私は意を決して上まで登った。とその右手に護良の墓

護良親王の墓

はあった。低い石の柵に囲まれた墓石は、それほど古くはない感じである。古いのと新しいのを継ぎ足したように見られる。これもあの、俊基のと同じ宝篋印塔なのか。

護良が殺害されたあと早いときに、理智光寺の長老がその遺骸をここに葬ったというから、この墓はたしかに宮のものだろうし、そうあってほしい。いまその場所を理智光寺山頂としている。ただガイドブックによっては、これを書いていないものもある。墓自体が、どこか隅に追いやられているという感じがしないでもない。

帰りの階段は恐怖を覚えるほどで、私は一歩一歩足を踏みしめながら下りていった。一歩間違えば下まで転げ落ち、命を失うことになるかもしれない。これは本当のことで、高齢者にはお奨めできない。

悲憤慷慨という言葉があるが、ここに詣でて、つくづくとそう思った。

四　菅原道真の墓

私たちは菅原道真のことを、どれほど識っているだろうか。もっともこの時代に名をなした歴史上有名な人物といっても、その事績などほとんど想い浮かべることもできない。人間の知識などそういうものだし、遠い昔のことだ。

とはいえ道真の名はとても有名である。太宰府天満宮、天神さま、学問の神さまと。それに「罪無くして配所の月を見る」の言葉によって現わされる彼の姿に、のちの人びとは言いしれぬ同情と悲哀を感じるものである。（この言葉は、源中納言顕基の言ったこととされている）

そして今になって彼の人物像を想い浮かべるとき、後世の数多くの画家によって描かれたこの「配所の道真」図は、人びとにせつなくも深い感動をもって迎えられているのだ。彼の人間性が、そのままに写っていると見られるからである。しかし彼は、果たしてそう言う人間だったのか。道真の人物像を追ってみる。

道真は承知十二年（八四五）に生まれた。父を菅原是善とし、母は伴氏の出身である。祖父に清公(きよとも)という人物がいるが、この人は嵯峨天皇に仕え、文章博士などを勤めた逸材だった。このように菅原家は代々、文人として天皇に仕えてきたのである。そしてさらに菅原氏の先祖を辿れば、遠く土師(はじ)氏という古代の名族から発しているという、立派な家柄なのだ。

桓武天皇が即位したのが、天応元年（七八一）のこと。そして都が奈良から京都に移ったのが、延暦十三年（七九四）のことである。そこから平安時代が始まり、京の都は以後一千年以上にもわたって日本の首都として、続くのである。京都に都が移ったことにより、日本人の生活様式も、朝廷人(びと)から庶民に至るまでが大いに変わった。そしてその庶民階級の人びとの間には、今までにない新しい活力が生まれてきたのである。

道真が生まれる十年前に、あの空海が没した。彼はそれまで生きていて、京都と高野山の間を行ったり来たりしていたのだ。またその頃は、主に東国地方での治安が不安定で、賊徒が各地で跋扈した。そのために坂上田村麻呂が、毎年のようにそこに出兵してその討伐に当たっていたのだ。そういう時代でもあった。ただ、まだ武士の台頭というものはなく、関東において平将門によって引き起こされた乱や、源義家などが登場するのは、もう少し後(あと)のことになる。

道真には兄二人があったが夭折したらしく、彼は一人息子として育てられた。その兄たちに似たのか、子供の頃はひ弱だった。母が心配して、仏への祈願と看病に懸命だったという。しかし頭は良かった。十一歳のときに詩を詠んだというが、文章博士の息子ならそれぐらいのことはするだろう。

十五歳になったときに元服をした。そして十八歳で文章生の試験を受けて、合格した。将来文章博士として朝廷に仕えるなら、これは道真にとっては大事な通過点だった。朝廷は政(まつりごと)を司どる人材だけを求めているわけではない。わが国は文字の国でもある。特に漢字による表現方法には、古くから面倒なことがいろいろあった。朝廷にとっては文官も必要だったのだ。

貞観九年（八六七）に道真は文章得業生に補され、正六位下の位についた。二十三歳のときだった。ここでやっと公家の一員らしくなったのだ。ここまでくると、彼には或る希望が湧いてきた。今までのように、実力者や名家の人びとの依頼によって、法要の際の願文を書くだけではなく、朝廷の政に対する思いが、次第につのってきたのである。

野心があるということではない。青年としての熱い情熱である。菅原一族は、天皇家の血を引く源氏の出でもない。また奈良朝以来天皇家との結びつきを強め、その政治的な基盤を不動のものにしつつある藤原一族でもない。しかし菅原一族もまた古くからの名族である。なんら憶することはないのだ。それに道真自身の人格や才能も、周りの人間からは、次第に注目されつつあったのである。

貞観十六年、三十歳で従五位下に、続いて従五位上に叙せられた。そしてその翌年に、父是善が没したのだ。道真三十六歳のときの父との別れである。これからは名実ともに菅原家の当主として、行動しなければならない。ところがこの頃、世間の彼への風当たりが次第に強くなっていく。なぜか。

菅原家は、文章博士を何代にもわたって出す名家である。その才を活かして代々の当主は、菅家廊下という一種の塾を主催してきたのだ。そこには当然才能ある塾生が集ってくる。ほかにはない私塾だからである。その結果、塾からは多くの文人が輩出される。ところが、次には彼らは閥を作る。これは自然の成り行きである。そしていま、その当主は道真なのだ。ここまでくれば、彼がある勢力から妬まれるのも避けがたいことになる。これは才あるものの宿命なのか。

そんなとき彼は、思いがけない報らせを受けとったのだ。朝廷から、讃岐守に任ぜられたのだ。名目上のことではなく、守となったからには任国に赴き、政務を司どるということである。青天の霹靂（へきれき）といってもよい。子供の頃から京都を離れたことのない身が、今頃になって海を渡り遠国へ行くなど、思ったこともなかった。

彼は咄嗟に思いをめぐらした。自分は貶（おとし）められたのかと。その心当たりがないわけではない。誰か特定の人物がそうしたのか。そう思って二、三の顔を思い浮かべても、彼らが具体的にどうしたかということを確かめることもできない。またそれとは別に、自分の日ごろの態度が多くの人びとに疎（うと）まれているのではないかと思うと、己を責めもした。しかしいずれにしてもこうなったことである。それを認めるしかないのだ。

讃岐は遠国というほどの処ではない。小さな海の向こう側である。むしろ近いほうだ。従五位上の公家などは、朝廷の中では高い地位にあるとはいえない。このため地方の国司となってもたいしたことはない。それにその地方といっても、遠い国と近い国がある。遠い国の国司ともなれば、その往復すら非常に厳しいものになる。のちの世に、道真の五世の嫡孫菅原孝標（たかすえ）の娘が書いた『更級日記（さらしなにっき）』には、その様子がとくと写し出されている。

道真は納得した。それほど悲観することはないと。それに京の都で政をするのも、讃岐の国でそれを行うのも同じ政なのだと思った。しかしいざ都を離れるとなると、やはり万感の思いがこみ上げてきた。宮中で行われた太政大臣藤原基経主催の席での、彼への送別の辞に対しても、喉をつまらせ答辞の挨拶もできなかったという。感情的な昂ぶりを押さえられなかったのだ。これは道真の性格の一面なのか。だが宮仕えはそれを許さない。

讃岐へは、妻子を京に残して向かった。そこは当時二十八万人もの人民がいた。地方は概して貧しい。道真の前任者がそれを克服するために、非常な努力によって国を治めたことを彼は知った。そして自分もそれ以上のことをするようにと心がけた。道真は誠実な人間だった。どこか一途（いちず）なところがある。

また彼の下には安倍興行が介（すけ）として在り、彼は領内をくまなく巡り歩いて、領民たちに慈悲の気持で接したのだ。彼らの農作業は厳しく、ときに不作の年があれば、彼らは逃散したり浮浪の徒となるのである。しかし道真も興行も、そういう農民に対しては、蓄えてあった穀物を与え、耐えしのぶように説いて回ったのだ。そしてその成果はあった。二人は善政を敷いたといえる。

やがて四年の任期を終え、道真は都へ戻ることができた。このときにはすでに四十六歳になっていた。人生の壮年期のある時を、都から離れて過ごしたことになる。しかし彼はそのことを振り返って、満足といわないまでも得心した。決して無駄ではない四年だったと。

その後の道真の昇進は早かった。式部少輔や左中弁の職に就き、寛平四年には従四位下に叙せられた。そしてその翌年には参議に任じられたのである。朝廷内において、いよいよ政に参画できるまでの地位に就いたのである。

この時は、第五十九代宇多天皇の御代になっていた。光孝天皇を父とする。道真が参議になった寛平五年には、二十七歳の若さだった。彼とは二十二も歳が違う。しかしこの二人の出逢いは、その後の道真の人生、というか政治活動に、大きく影響を与えることになったのだ。

宇多天皇は生来聡明な人物だった。そしてこのときは、或る幸運にも恵まれていた。宇多が仁和三年（八八七）に即位したとき、藤原基経が摂政関白となって、政の実権を握っていた。第五十七代の陽成天皇が幼帝だったのと、光孝天皇が在位僅か三年で崩御になったからである。ところがその基経が寛平三年に没したのである。その子の時平はまだ若い。宇多にとっては好機が巡ってきたのだ。左大臣の源融（とおる）などは、もう高齢だった。宇多はここに、天皇親政に情熱を燃やし始

菅原道真

めたのである。

天皇は早速道真を近くに置いた。さきに彼を参議にしたのもその一つだった。ただ参議は何人もいる。左大臣や右大臣、それに大納言や中納言という人びとも、みな参議である。しかし若い宇多は、なぜか道真一人に政のことを計ることがあった。これはとくに、彼の資質を見抜いてというよりも、天皇にはより個人的な思いがあったのかもしれない。

寛平六年になって、今までわが国が唐に送っていた遣唐使を、今後は停止するということが建議により決まった。急なことだった。しかしこれには、表面に出ないところでいろいろないきさつがあったのだ。しかもこうなった背景には、道真の考えや働きが大いにあったのだ。

わが国から遣唐使が派遣されたのは、奈良時代の、第三十四代舒明(じょめい)天皇のときからである。まだ年号がない六三〇年のことだ。以後十数回にわたって、遣唐使船がわが国と唐の間を往復した。日本政府の要人や知識人の唐に対する憧れと、そこから多くのものを学びとるという情熱によってそれは続けられたのだ。弘法大師や阿倍仲麻呂などがそれに加わって、のちの世に宗教界や文化の面で、大きな功績を残すことになる。

しかしこの頃になって、大国唐の勢いにもようやく陰り(かげり)が見えてきた。それにわが国は、政治制度や学術の面でも、もはやそこから得るものが徐々に少なくなってきたのだ。また遣唐使船を一回出すには莫大な費用がかかるし、途中で船が難破するということになれば、その被害は非常に大きなものになる。その遣唐使派遣のことを、ここで停止することになったのだ。

いずれこうなるだろうとは、公家たちにも分かっていただろう。しかしこれだけの行事を止めると言い出すには、大きな勇気がいることだ。政というものは、前からの慣例を継承して行う、そのものなのである。だからこれを破ることは簡単にはできない。それにそこには利害関係が絡んでいることもある。しかし政全体のことを考えれば、誰かがそれを言い出さなければならない。そしてそれを行ったのが宇多天皇と菅原道真の二人である。

これが発表されたとき、朝廷人(びと)の間では大騒ぎになった。たしかに歴史が変わったのだ。しかしこれほどに大事なことを、自分たちにはなんら計ることもなく行われたと思う大臣たちの驚きは、また特別なものだった。それは驚きというよりも、激しい怒りの気持だった。しかも彼らは、事前に多少の説明はあったものの、それが殆ど道真一人の建議によってなされたということには、怒りだけではすまされないものがあった。

しかしその後も、宇多天皇は道真を重用した。天皇親政の思いのとおりに政を行ったのだ。その功によってか、道真はやがて中納言になり従三位に叙せられることになる。これは菅原家の中では、父以上の位に昇ったわけで、彼はその栄誉を天皇に感謝した。さらにその二年後に、彼は権大納言に任じられ右大将になるが、このあたりから彼の身辺には、急な慌しさが見られるようになっていった。そこに至るまでには、或るいきさつがあった。

このとき皇太子には敦仁親王がなっていた。宇多天皇の長子である。それを決めたのはもちろん天皇自身である。しかしこれは国事でもある。天皇一人で決めることはできない。大臣などに計る必要がある。しかし天皇がそれを諮問したのは道真一人にである。いくら彼が信任厚いといっても、これは少し異常だった。

さらにそのようなことが続いたのだ。これはもっと重大なことである。それは天皇が自ら譲位したいと言い出したのである。前にもそう口に洩らしたことがある。しかしそのときは彼が止めさせた。しかし今度はその意志は堅かった。道真はそれを止めることはできなかった。天皇にはそれを言い出す前に、深い思慮があると察したからである。しかしその訳を、宇多自身が口に出したことはない。

宇多は天皇の位について以来、自らの手で政を刷新しようと思った。若いからそういう意気込みは旺盛だった。刷新というからには、今までの政に不満を感じていたからである。それを一口で言うのは難しいが、藤原一族や高齢の大臣たちの因襲にとらわれたやり方に対しては、強い嫌悪をもっていたし、それは国の政を阻害するものだと思っていたのだ。そこへ菅原道真の登場である。天皇が即位してから間もなく、道真が任地の讃岐から帰ってきたのだ。二人は意気投合したのだ。

しかしここにきて、大臣や公家たちの不満の声が、次第に天皇の耳にも届くようになった。それればかりでなく、彼らはその不満により、自らの職務を滞らせようとする挙に出ることもあった。これはやはり、天皇によっても望ましいことではない。そしてもう一つに、彼らには天皇が道真を重用しすぎるという不満もあった。そういう声は、父基経の死後その長となった、若き藤原時平を推す勢力になりつつあったのだ。

　宇多に挫折感はなかったにしろ、或る大きな力が、自分の前に立ちはだかっているのを感じないではいられなかった。しかしそれに屈することはない。まだ打つ手はある。そこで自らの譲位のことを思いついたのだ。しかしそれは単なる譲位ではない。まだ十二歳の皇太子を天皇とし、自分はその背後からその政務をみる、というやり方である。旨い手を考えついたものだ。これを悪知恵と言ってよいのか。いやそう言っては畏れ多い。

　この譲位のことも道真と決めたことだ。寛平九年（八九七）七月のことである。次は醍醐天皇の時代になる。そのさい宇多は、『寛平御遺誡』なるものを書いている。わが子醍醐が行う新しい政について、時平と道真は、これをよく補佐するようにとの宇多の教えの書である。と同時に、これは今まで自分が行ってきた政の継承を暗に願う、宇多の気持が込められたものでもあった。ここに宇多天皇の時代は終わったのだ。

　道真の落胆は大きかった。醍醐天皇の代になって、彼は右大臣に成りなお政には情熱を燃したが、何事も以前のようにはいかなくなった。朝廷人（びと）は、彼と同じく左大臣になった藤原時平のほうに靡（なび）くようになる。藤原氏の勢力は絶大なのだ。

　そんなとき、三善清行から書が送られてきた。彼は文章博士だから道真とは交き合いがあるが、それほど親しくはない。その彼が道真に言うには、あなたは学者から大臣になった立派な人だ。かつての吉備公（吉備真備（きびのまきび）＝奈良時代に橘諸兄に重用された）のほかに並ぶ人はいない。

しかし今は、職を辞して余生を楽しんでほしい。そうすれば世人からも、仰ぎみられることになるだろう、と。

これを読んで道真は何を思ったか。清行とは親しくないといったが、彼には悪意さえもっていたのだ。文士仲間の忠告の言葉として素直に受け入れるか、それとも誰かの差しがねによる、強い退職勧告の書とみるべきか。彼は考えあぐねた。しかしこの頃になって、彼は自分の身の周りのことが少しずつ変わりつつあるのを感じないではいられなかった。そして次には、事態が急変したのだ。

延喜元年正月、道真が突然、太宰権師（だざいごんのそつ）に左遷させられたのだ。これはまったく、寝耳に水の報らせだった。自分の身辺に何かが起きるという漠然とした不安のようなものは、たしかにあった。しかし右大臣ともあろう自分が、これほどの仕打ちを受けるとは思ってもいない。今や朝廷の中に、暗く、得体の知れないものが漂っているのを彼は感じた。しかしこれを最終的に決めたのは、天皇自身によるものだった。動かしようのない勅令だったのだ。

左大臣の藤原時平が企んだことに違いない。これは事実だ。ではどんな口実でもって。心当たりが一つある。じつは去る寛平八年に、道真の長女衍子が入内して、宇多の弟斉世親子の女御（にょうご）になっていたのである。そこで道真が、醍醐を廃して、その親王を皇位につけさせようと企んだというのだ。人間関係がそうなっている以上、こういう理屈は成り立つ。しかし道真がそんなことを本当に考えただろうか。

人は他人を陥（おとしい）れるためには、あらゆることを考える。時平はこの企みを、いとも簡単に考えた。そうしてそれは、道真にとっては致命傷になる筈だった。万事旨くいき、そのとおりになったのだ。このことはすでに上皇になっていた宇多には報らせずに、ごく内密に行われたのだ。若い天皇にも時平にも、後ろ暗い気持があっただろう。

太宰権師（だざいごんのそつ）に左遷された道真は、京の都を発って九州に向かった。その胸の内はどんなだっただろう。思うに察して余りあるものがある。齢すでに五十七歳になっている。官位が復されて、都に帰ることができるだろうか。しかしそれはない。もうそんな望みは皆無だった。

道真が都を去るときに詠んだ歌がある。

　こちふかばにほひおこせよむめのはな
　　あるじなしとてはるをわするな

彼の都への心残りが感じられる。

太宰府での道真の生活は無残なものだった。官舎は前任者も住んでいなかったのか、屋根も床も壁も朽ちて壊れていた。こんなところに自分が住むのかと、今さらのように時平らの仕打ちを怨んだ。また政庁へ出向いて、権師としての政務をとることもなかった。しかしここへ来ても、詩作にだけは精を出した。

道真　配所で月を見る図（錦絵双六より）

去年の今夜、清涼に侍す。秋思の詩篇独り腸（はらわた）を断つ。恩賜の御衣今ここにあり。捧持して毎日余香を拝す。

朝廷内におけるありし日の自分と、天皇から受けた大恩を想いつつも、秋の月を眺めながら嘆き悲しむ彼の姿は、まさに配所に月を見る、の心境だったのだ。そしてここに至っても、彼の時平に対する怨み心は、決して収まるものではなかった。

道真の心身は、日に日に衰えていった。体の老いと心の弱さは、次第に彼を力ないものにしていった。

そしてついに、彼の命の灯は消えていった。五十九歳の生涯の終わりだった。時に延喜三年（九〇三）二月二十五日のことである。遺骸は太宰府に葬られ、都に帰ることはなかった。

道真薨ずのことは、まもなく都へも伝えられた。ところがそのあと、都ではいくつかの変事が起きたのである。皇太子の保明親王が二十一歳の若さで薨じたのを始め、道真の左遷を企んだ大臣や、その張本人の時平までが、これまた三十九歳の若さで没したのである。

さらにその後の何年かは世は不穏な空気に包まれ、百姓は旱魃などに悩まされた。また或る夏など、御所の清涼殿が落雷により火事になり、朝廷人が死んだり怪我をしたりして、恐怖におののいたのだ。これらのことは一度に起こったことではなく、数年にわたってこんな状態が続いたのだ。しかし人びとは、それは死んだ道真の祟りだと囁いた。根が剛直だった彼の顔を想い浮かべれば、偶然といって片づけるよりも、怖れの気持のほうが強かったのだ。

太宰府天満宮

天皇を始め公家たちは、そういう道真の悪霊を鎮めるために、正一位、左大臣の名を贈ったり、後日北野に道真を祭る神社を創立させて、懸命に彼を宥めたのである。あの世で、道真はそれをどう思って見つめていたのか。

道真の遺骸は京都に帰ることなく、彼の遺言によって太宰府に葬られた。その場所を、のちの安楽寺という。そして二年後の延喜五年になって、門弟味酒安行が神託によって、墓所の上に神殿を建てて、それがのちの太宰府天満宮となったのである。場所の上に社を建てるという、珍らしい様式となった。

現在も菅原道真の遺骸は、太宰府天満宮の本殿の中央の土の中に埋葬されている。ただその形状は分からない。おそらく日本の古代の古墳にあるような、円型の土盛りになっているのではないかと想像するばかりである。その上を、家形天井御囲という木製の覆いがあるとの、天満宮側の説明を受けた。いずれにしても、道真の魂は、今もそこに息づいているのだ。

幕末から明治にかけての画家で、小林永濯という人物がいる。彼の画いた絵に「菅原道真天拝山祈禱の図」（ボストン美術館所蔵）というのがある。縦一八一センチ、横九六センチの大きさ。それは道真が太宰府に流されたのち、天拝山上で無実を訴え、その激しい呪詛により天神と化した場面を描いた、物凄い絵画である。

彼は聳え立つ岩の上に爪先だっている。周りは天も地にも雲が渦巻き、その間から雷鳴が轟きわたり、目も眩むような閃光が空を切り裂いている。その中で道真の体は、荒れ狂う風に耐えながら両手を前に差し出し、冠が空に飛んだ頭を持ち上げ、髪は逆だち、顔は髭ぼうぼうにして、歯をむき出して、何かを叫んでいるのだ。衣はかろうじて体にまとわりついているが、風を孕んで今にも道真の体もろとも吹き飛ばそうとしている。しかしそれでも彼は叫んでいるのだ。「我れは無実だっ」と。

小林永濯の「菅原道真天拝山祈禱の図」

私はこれを、東京芸術大学の美術館で観た。しかしこんな絵は見たこともない。まさに今、天神となり、自分を陥れた者どもに対して、神となり鬼となって復讐しようとする、人間ではない人間の顔なのだ。それが菅原道真なのだ。

五　支倉常長の墓

支倉常長という名は、歴史好きの読者にも、それほどには知られていない思う。ましてその業績となると、よほどその時代の、特にスペイン人などによるキリスト教布教時代のことに関心がなければ、殆ど興味も持てない人物の名なのだ。ところが彼は、日本の歴史上特筆すべきことをやった人物である。或る意味で、そのへんの大名や政治家などとは、比べものにならないぐらいの仕事をした人物なのである。それを紹介したい。

彼の名を支倉（はせくら）六右衛門常長という。仙台藩士で伊達政宗に仕えていた。武士といっても下級武士である。とはいえその先祖は、遠く平清盛に仕えていたというから、由緒ある一族だったといえる。当時伊勢平氏発祥の地といわれる伊勢にいて、伊藤の姓を名乗っていた。

その後に末裔たちは、武士として常陸の国に来て働き、それがまた伊達一族の配下となり、何がしかの武勲をたてたこともある。そして伊藤義広の代になって、奥州の柴田郡支倉に住むようになったという。時に建久三年（一一九二）のことというから、随分昔の話である。そのさいその地名をとって、支倉の姓にしたのだ。

じつは支倉家の系譜を、この先常長まで辿るのは難しい。というのは、古くより日本の氏族の系譜を、永きにわたって正しく伝えるということは、非常に困難だということがある。相当な名家でもそれは同じである。それでここでは、常長がいつどこで、誰の子として生まれたかというところから、始めたいと思う。

元亀二年（一五七一）に、支倉常成を父として常長は生まれた。これには異説があって、そのときを天文十二年（一五四三）とするものもあるので、ここではそれを併記して、あとは問わないことにする。また母を近藤顕春の女とするも、それ以上のこと分からない。そして生まれた場所も、伊達藩の置賜郡立石村とするとだけ分かっている。

出生後の常長の動向も詳（つまび）らかではない。彼が若い時に、伯父か叔父の家に養子に出されたことは事実だ。そしてその養父時正と一緒に、伊達政宗に従って、朝鮮への出陣を命じられてもいる。いわゆる豊臣秀吉による「朝鮮征伐」に、政宗の下で参加させられたのだ。

そのとき時正は、政宗に近いところで、馬上侍の一員として走り回っていたというから、満更でもない。そして常長も御手明衆（みてあきしゅう）二十名のうちの一人として、これは歩行（かち）として従っていたのだろう。ということは、二人とも一端（いっぱし）の武士として政宗に仕えていたわけだ。常長は若いときから、あの独眼竜政宗の顔を見ていたことになる。それをどう思っていたか。

朝鮮出兵は結局失敗して、豊臣秀吉が没したのが慶長三年（一五九八）のことである。それから徳川家康が幕府を開いたのが、慶長八年のこと。そしてこの頃は、二代将軍秀忠の時代になっていた。江戸幕府開府以来十余年が経って、幕府体制がようやく固まりつつあったのだ。大坂ではまだ豊臣秀頼がいて、それを擁する西国大名も多くいたが、大勢はすでに徳川に傾いていた。江戸や東国では長かった戦国時代が終わり、侍も民衆も平和の有難さを感じ始め、その生活も徐々に落ちついてきた頃である。それでも世の中は、天下太平、平穏無事とまではいかなかった。一部の庶民の間には、気がかりなこともあったのだ。その一つに、幕府のキリシタンへの取り締まりと弾圧があった。

わが国にキリスト教が入ってきたのは、織田信長が、イタリア人宣教師ヴァリニァーノと接見した頃から活発に始まった。それ以前の天文十八年（一五四九）に、スペイン人のフランシスコ・ザビエルが鹿児島に辿りつき、初めて日本で説教を行ったが、まだその活動は小さかった。信長は好奇心旺盛の性格である。それに南蛮や奥南蛮（ヨーロッパ）の文物に対しては、大きな理解を示した。そしてヴァリニァーノやもう一人のルイス・フロイスらの行うキリスト教の布教活動も大目に見たのだ。ただ政治的な施策としてそれを許したわけではない。しかしこの信長の彼らに対する寛容な態度が、日本人の多くをキリスト教徒として改宗させたことは事実である。

ところが秀吉の時代になると、事態は一変した。彼はだいたい奥南蛮人が嫌いだった。躰は大きく頭の毛は縮れて、腕や胸にも毛が生えて、目は黒目もあるが茶色のもあり、何を喰っているのかも分からない。半分人間とは思えない生きものだと思っている。それに言葉もまったく分からない。その分からない言葉で日本人に説教している様は、何かを誑かしているようにも見れるのだ。

信長亡きあと自分の代になったとき、彼はただごとではない報らせを受けた。それは日本人に向かって布教をしている奥南蛮人が、布教とは表向きのことで、じつは彼らが支援している軍隊によって、その国を征服しようと企んでいることが分かったというのだ。今までも、ルソン（フィリピン）などがそういう目に遭って、国を乗っ取られていたのである。

秀吉は素早く手を打った。天正十五年（一五八七）にはキリスト教禁止の布れを出し、彼らへの弾圧が始まった。そして慶長元年には宣教師や日本人キリシタン二十六人を捕え、これを長崎において磔刑（たっけい）に処したのだ。磔（はりつけ）の刑である。

その後関ヶ原の合戦のあと、徳川家康が天下をほぼ掌握したことが内外に認められると、外国船の日本への到来が次第に多くなってきた。それは国を代表する使節であったり商人であったりと、いろいろだった。また江戸を訪れた者に対しては、家康もこれに会ったりしている。ルソンやシャムなどのほかに、エスパニア（スペイン）やオランダやポルトガルと、わが国を目指すヨーロッパの国の数は、俄然増えてきたのだ。しかしそこに、キリスト教の宣教師はいない。

家康も秀吉と同じように、キリシタンを嫌っていた。幕府を開きまだ将軍に就く前に、彼は宣教師追放とキリスト教禁止の布れを出している。信長や秀吉と比べて内向的な彼にしてみれば、当然の措置だったのだ。そしてそれが、今後の江戸幕府の方針でもあったのだ。

しかし三代にわたる日本の為政者のそういう態度とは別に、ザビエル来日以来の、彼らによるキリスト教布教の情熱と努力の結果、その教えは次第に日本全土に拡がっていったのだ。日本全土という言い方に誇張があるとしても、その伝播はやはり瞠目に値するものがある。そこにはたしかに、民衆に対する宗教の恐ろしさというものが感じられるのである。京の都や江戸から遠く離れた奥州の地にさえ、キリシタンは確実に増えていたのだ。

ところがここにきて、その風向きが変わってきた。幕府は二代将軍秀忠の時代になっても、キリシタン禁制の手を緩めることはなかったのだ。慶長十七年には、再びその禁止の布れを出し、京都にある教会の建物を破壊している。ただその布れは、まだ全国にわたって届いてはいない。しかし地方のキリシタンは、いずれその布れが自分たちにも向けられてくることを、不安をもって予感していたのだ。行く末に、明るい希望など持てなかったのだ。

或る日突然、伊達政宗は二人の男を城に呼び出した。一人は支倉六右衛門常長。もう一人はエスパニア人のルイス・ソテロ。二人は政宗の前に平服したが、ソテロはそれほどではなく、一方の常長は緊張に身を固くしていた。政宗とじかに話をするのは、生まれて始めてのことだった。

そこで政宗が言うには、ここにいるソテロと二人して、遠くヨーロッパの地にあるエスパニアとローマへ行き、それぞれの国王と教王に会い、予の手紙を届けてまいれ、というものである。常長は政宗からいきなり、何が何かは分からないことを言いつかったのである。それはいったい、どういうことなのか。

政宗には前からそういう考えがあった。それは壮大な計画である。彼はかねてよりその計画を江戸の幕閣に諮り、つい最近になってその許しが出たのだ。その計画とは――。政宗の心の内を覗いてみよう。、

政宗は信長に会ったことはない。次の秀吉には会っている。例の秀吉の北条攻めのさい、政宗は小田原の陣中に呼び出されたのだ。そして小田原城を見下ろす崖の上に立っている秀吉の背後に、まるで小姓のように太刀を捧げながら、彼は膝まずいたのである。、いや膝まずかされたのだ。そのとき彼は、崖の上に立つ秀吉を後ろから突き落とすこともできた。しかしそんなことはできない。秀吉の度量の大きさに、周囲の人びとは驚いたという。秀吉はそのときすでに、政宗の人間性を見抜いていたのだ。

秀吉にはそういう癖があった。ある意味でそれは、彼の人間的なおおらかさを示すことにもなる。だから他人には、彼の心の内の真意が分かるのだ。それを察することができたのだ。

信長はもっと直截的な行動をとった。これは他人にもすぐ分かる。しかし家康はというと――。政宗はその家康が苦手だった。何を考えているのか分からないところがある。それを顔にも出さない。そしてその表情も明るくない。しかし家康はいま天下人だ。好き嫌いを言っている場合ではない。政宗にとっては、いまや抗しえない存在にあるのだ。それは認めざるをえない。

いま政宗は奥州の仙台に居る。これからはこの国を、本腰を入れて治めなければならない。そのためにどんなことをすればよいのか。彼は日本の地図を頭に描いていた。わが奥州のほか

に、大国といわれる国がいくつあるのかと。すると九州には島津が、また中国には毛利が依然としてそこを支配している。彼らは関ヶ原の合戦の際には、西軍に与していた筈である。それがいまだにそこに居るとは、どういう訳か。しかしその理由が政宗には分かる。

島津も毛利も、江戸からは遠く離れた地にある。いかに家康といえども、今さらそこを攻めることなどできない。しかしわが仙台に何かがあった場合、家康がここに攻めてくることはできる。それほど難しいことではないのだ。政宗は、仙台と自分の立場の弱さを認めざるをえなかった。では奥州の地と仙台を守り、さらにこの国の富を増やすにはどうすればよいのか。戦さのないこれからは、それを考えなければならない、と。

薩摩も中国も地の利は良い。政宗はそれを羨んだ。彼らの領土は南にも西にも開け、南蛮やシナ（中国）と交易ができることを。それにこれからの時代は、ただたんに物を作るだけではなく、そういう商取引きによって、国を富ませることができるのだ。そうしなければならないのだ。

政宗は考えに考えを練った。また何人かの重臣とも相談した。そして出来上がったのが、遠くメキシコやエスパニアに使者を送って、その国と交易を始めることだった。それに――。この先のことは、政宗が心の内に秘めたことで、重臣の誰にも話したことはない。しかし彼はそのことを考えていたのだ。そのこととは、もし徳川が攻めてきて戦争になった場合には、エスパニアに応援を頼むという、途方もない考えだった。これはまさに陰謀だった。

しかしこれは絶対に、誰にも口に出して言えることではない。メキシコやエスパニアに使者を派遣するということは、あくまでもその国と交易を始めるということである。これなら幕府も許してくれるだろう。そしてその思惑はまんまと当たった。幕府はその計画に乗り、使節団には幕府の役人を船に乗せると言ってきたのだ。

慶長十八年（一六一三）九月、伊達政宗による「遣欧使節団」は、領内の月の浦の浜から出航した。その日のためにかねてより建造中だった、巨大な船「サン・ファン・バウチスタ号」が出来上がり、その南蛮風な船で彼の地に向かうのだった。総勢百八十人もの人間が乗り込んだ。政宗が政府の許しを得た船には、お目付け役として江戸からやってきた向井将監らも加わった。彼は幕府の船奉行だった。ここまでやれば政宗にも心配はなかった。そのほかに堺や尾張の国からの商人が多く乗り込んでいたから、これはもう商（あきない）を主とした交易船だったのだ。ただ使節団の正使にはエスパニア人のルイス・ソテロがなり、副使には支倉常長がなったのだから、これは政宗の思いどおりになった。

サン・ファン・バウチスタ号は、乗員の不安と航行の困難さを乗り越えて、太平洋を東に進みメキシコに着いた。そこで船を降り、陸路を大西洋岸に出た。メキシコでは乗船していたかなりの商人が下船して、そこから更にエスパニアにむかうことはなかった。彼らはあくまでも商用でこの船に乗り込んでいたのだ。

ソテロと常長は、残り少なくなった本来の使節団を率いて、大西洋を東に向かった。今度の航路は短く、やっとエスパニアに辿りついた。それでも月の浦を出航してから、約一年が経っていたのだ。エスパニアはヨーロッパのいちばん南にある。狭い海を挟んですぐ南側はアフリカである。だからそこは、日本よりもずっと暑い。

一行はそのエスパニアの南端にとりつくと、グアダルキビール川という大河を、船でそのまま遡(さかのぼ)った。目指すのは、エスパニアの中でも指折りの都市セビーリアだった。そこは使節団の正使ルイス・ソテロの生まれ故郷でもある。彼はこの町の名家の出身なのだ。

大河を遡ってしばらく行くと、船はコリア・デル・リオという小さな町の波止場に着いた。そこへセビーリアの役人が来て、一行に船から降りるようにと言われ、ソテロも常長もそれに従った。彼らはそこから、馬車でセビーリアへむかうことになっていたのだ。エスパニア側では、一行に気を遣って出迎えたのである。

セビーリアでの一行は、市長を始め当局の歓迎を受けた。そこで常長は、政宗からの手紙を市長に手渡した。これが使節団の最初の役目だった。そしてその後は、エスパニアの首都マドリードに行き、国王フェリーペ三世に謁見を許されたのだ。しかし常長が奉呈した政宗からの手紙に対する国王からの返事はなく、彼らは落胆した。エスパニアとの通商を求めるといっても、キリシタンを迫害している国とは、それは無理だというわけだ。江戸幕府によるキリシタン迫害の報らせは、すでに別の筋からエスパニアに届いていたのだ。

使節団一行の前途は、早くも多難を予想させた。それでも常長個人に対しては、エスパニア政府は彼を厚遇した。そして思いがけぬことに、彼は国王の前で洗礼を受けたのだ。つまり彼は、正式にキリシタンになったのである。大変な名誉である。ところがこれが後になって、彼に或る災いをもたらすことになるとは、もちろんこのときの常長は知るよしもなかった。

その後一行は、はじめの予定どおり、エスパニアのもう一つの大都市バルセローナを経て、ローマに向かうことになる。そしてそこに着いたのが、一六一五年の十月のことだった。月の浦を発ってから、ちょうど二年が経っていた。長い道のりだった。

ローマ、ヴァチカンでの、法王パオロ五世を始めとする関係者の、使節団への歓迎ぶりは大々的なもので、常長らは大いに面目をほどこした。しかしここでも、政宗の意志がすぐに受け入れられることはなかった。常長がいくら努力したところで、彼らの政治的な思惑はもっと高いところにあったので、どうすることもできなかったのだ。しかし反面、彼はローマ滞在中の余暇を結構楽しんでもいたのだ。

ローマでの支倉常長（ボルゲーゼ美術館）

その地で描かれたと思われる彼の肖像画が今に残っている。立ったままの全身像だ。顔はちょん髷げ、しかし着ている羽織や着物、袴などは、黄みがかった白地に、金色で動物や草花をあしらった、思いきり派手なものだ。さらに金色がかった柄の刀を二本差し、左手を腰に当て、広い額に口髭をたくわえた容貌は、堂々としたものだ。俺が伊達政宗だと名乗ってもよいぐらいの風格がある。

もう一枚の絵も残っている。これは前のとはうって変わった彼の上半身像だ。彼がマドリードで、国王の前で洗礼を受けた直後のものと見られるものか。机の上のキリストの十字架像の上に、手を合わせている。その左手の薬指には宝石がついた指輪がある。そして彼の上半身の衣裳はエスパニア風かイタリア風のものか、襟と袖口には白いレースで飾られている。明らかにキリシタンの姿である。

支倉常長像（仙台市博物館所蔵）

使節団の到着点はローマで終わる。帰りは来たときと同じ道を辿った。しかしその道は、常長らにとっては、打って変わって不本意なものだった。マドリードでもセビーリアでも、彼はエスパニア政府からもセビーリア市長からも期待していた返事を貰うこともできず、その待遇も、おざなりのものだった。そして来たときと同じ、コリア・デル・リオの町から船に乗った。

ところがそのコリア・デル・リオで、何人かの日本人が姿を消して、その地に残ってしまったのだ。そういうのはメキシコでも何人かいた。遠い道のりを行く苦難と、日本に戻ったところで、苦しい生活を強いられることを思えば、それも致し方ないと常長は思っただろう。

そしていよいよ日本に帰ると決まったとき、ここでも異変が起こったのだ。すなわち常長らの一行は、直接日本へ帰ることはできずに、乗船した船はルソンに向かったのだ。そこで下船して間もなく、仙台から横沢将監がやってきた。常長はようやく、事態がただごとではないことを知ったのだ。日本国内の事情が、彼らが月の浦を発ったときとは変わってしまっていたのだ。

家康が元和二年に没したあと、二代将軍秀忠の世になって、幕府はキリシタンに対する取り締まりと弾圧を、一層強めることになった。そして多くの宣教師やキリシタンが各地で処刑されていたのだ。将監はまずそのことを常長に説明した。そこでこれからのことを相談した。常長らがここルソンに留め置かれるということではない。日本に帰ったとき、幕府にどう説明するかということだ。

そこで一行は、やっと日本に帰ることになった。しかしソテロはそこに残ることになった。幕府がそれを許さないことは明らかであるからだ。将監は、常長がエスパニアで洗礼を受けてキリシタンになったことを知った。しかし今さらそれを咎めることはできない。そうであれば、そのことを幕府に対してどのように説明するかだ。

このあと一行はいよいよ日本に向かった。仙台へではなく、まず使節団の成果について幕府に報告するために、浦賀に着いた。幕府の役人からは一応の取り調べがあったが、それはすぐに終わった。そしてついに、一行は仙台に帰ってきたのである。ときに元和六年（一六二〇）

八月のことである。足掛け八年にもなる、長い使節団の使命の終わりである。政宗はその報告をどんな気持で聞いたか。

使節団派遣のことは、伊達政宗の意図したものであるが、表向きは幕府がそれを認め、幕府の名によって行われたものである。しかし支倉常長を副使としている以上、仙台藩の責任も大きい。キリシタン禁制の今となって、藩は常長らをどのように処遇したらよいのか。藩の重役らは頭を痛めた。彼らは常長がキリシタンであることを承知している。

仙台に帰ってきた常長は、その後どうなったか。使節団の副使を命じた政宗は、彼を引見することもなかったようだ。またキリシタン禁制の今の世に帰ってきた常長自身も、政宗には迷惑がかからないようにと気も遣った。そのために、その後の彼の動静はまったく不明なのだ。常長はこの世から消されたのか。惨い話だ。

元和八年七月一日に、支倉常長死去を伝える記事がある。死因を病死としている。また常長の子六右衛門常頼は、キリシタン禁制を破ったとして、その領地を没収され、切腹を命じられたと伝えるものもある。これはまさに一族の悲劇である。しかしいったい、彼らにどんな咎があったのだろう。歴史はつねに、悲劇を伝えるのか。

支倉常長はどこに葬られたのか。苦難の道のりの末に辿りついた仙台にすら、彼の安住の地はなかったのか。

いま、常長の墓がある墓地が、仙台附近に何か所かあるといわれている。しかしどれもが、これが彼の墓だという確証がないのが現状である。そういう手がかりがないままに、私はかつて、その内の数か所を訪れたことがある。墓地や墓石のことを調べるのに、何の専門知識ももたない、ただ自分の感だけを頼りにした取材だった。

スペインのセビーリアから南に十二キロほどの処に、コリア・デル・リオという町がある。人口二万人ぐらいの、グアダルキビール川沿いの平らな処だ。例の遣欧使節団が、マドリードへの往き帰りに立ち寄ったことで知られている。

じつはこの町には、日本人の子孫と称する、いわゆる「ハポンさん」と呼ばれる人びとが六百人ほど住んでいるのだ。あのとき、何人かの下級武士がそこに降りたまま、ついに船には戻ってこなかった連中の子孫というのである。それがみんな、ハポンを苗字として使っていて、あれ以来現在に至っているというのだ。

私は今から三十年ほど前に、そこを訪れたことがある。一九九二年の春のことだった。そしてその町でハポンさんたちの世話をしている、マヌエル・カルバハル・ハポンという人物に会ったのだ。日本人らしく背は高くないが、ビール腹の五十歳ぐらいの男性。そこへ行く前に町の警察署へ立ち寄り、場所の案内を乞う。すると出てきたのは、これも日本人らしく少し小柄な警察官だったが、私に挙手の礼をしてくれた。

カルバハル氏の名刺の肩書きには、ハセクラ協会の会長とある。そして彼は、ハポンさんであることに誇りを持っているという。そこで私は、そのハポンさんたちの遣欧使節団以後の歴史について尋ねてみた。すると彼の答えは、いとも簡単にそれは何もないという。私は呆気にとられた。

要するに、支倉常長らのことも、そこに居残った何人かの侍の子孫のことも、殆ど何も分からないというのだ。ただ以前は町の教会に、それらしく書いたものがあったようだが、今はそれもない。しかしカルバハル氏の曽祖母の墓の石の蓋には、ハポンという字が刻まれていたのを見たという。少しがっかりした結末になったが、それでもそこに住むハポンさんたちが、誇りをもって生活していることを聞いて、私もほっとして、改めて日本人であることに誇りをもったものだ。

このあと彼は、グアダルキビール川の波止場に私を連れていってくれた。常長らがそこで船を降りて、始めてスペインの地に立った処である。その波止場に立つと、私にも或る感慨が湧いてきた。川の向こう側の景色が、当時とそれほどに変わっていないと思えたからである。それに波止場といっても、その桟橋は木造りで、それこそ昔のままなのだ。

とその波止場のすぐ前の小さな公園に、支倉常長の銅像が立っているのを私は見た。二メートルほどの石の台の上に、等身大よりやや大き目な彼の姿は、ローマでの絵のようにではなく左手を腰の刀に添え、右手には政宗からの巻物の手紙を少し開いて垂らし、前方をきっと睨んでいる、これぞ日本の侍という姿なのだ。

この像は一九九二年に、仙台市から贈られたものだという。当時この町と仙台市との間の交流が始まり、双方が互いの地を行き来して、いわば先祖以来の旧交を温めたというわけだ。このときカルバハル氏は、数人のハポンさんと連れだって仙台を訪れた。そして念願の支倉常長の墓参りをしたのだ。

それまでの彼の日本に対する憧れの気持は、まさに夢見るものがあった。彼は言う。日本の自然の中にある田舎の景色の美しさには感動し、自分はそこに一生住みたいくらいだと思った、と。それにしても常長の墓前に立ったときの彼の胸中はいかばかりであったろうと察して余りあるものがある。彼はそこに、自分たちの遠い先祖の姿を、想い描くことができただろうか。

このとき、カルバハルたちが訪れた常長の墓のある墓地はどこだったのだろう。彼は古い日本の新聞の切り抜きを見せてくれた。そこは宮城県川崎町支倉にある、円福寺の境内の一隅にあることが分かった。私が訪れたのはその寺だったのだ。その集落は、仙台市内からは南西に約二十キロの丘陵地にある。

宮城県川崎町、円福寺の常長の墓（著者撮影）

寺は支倉の里を南東に見下ろした高台にある。かつてはその丘の裾に、支倉館があった筈である。支倉一族にとっては、居心地のよい処だったのだろう。いま常長が葬られた墓がどこにあるのか確証がないと言われているが、私は彼がそこに眠っているものと信じて詣でたのである。他の墓石と比べてひときわ目立った、明るい日差しの中にあった。

二〇〇五年の七月、私はコリア・デル・リオのカルバハル氏から手紙を受け取った。しかしそのカルバハル氏は、今まで私が交き合ってきた彼ではなく、その甥に当たる人物からのものだった。短い文章で、彼が同じ七月に亡くなったと報らせてきたのだ。

彼はあれから二度日本へ来たことがあり、私とも会って、よくビールを飲んだ。セビーリアでも何回か会って同じことをした。しかし私はかねがね、あのビール腹で飛行機に乗るのは無理だと思っていた。あの頃流行の、エコノミー症候群になるのではないかと。そして案の定、最後に日本から帰った一か月後に死んだのだ。

それから数年後、私はコリア・デル・リオに行き、カルバハルの二人の甥に会った。兄の方は町の文化会館の職員で、弟は小学校の先生だった。手紙をくれたのは弟のほうで、英文で書いてあった。私はそのあと町の公立墓地へ行った。墓地といっても土の上にあるわけではない。三方がコンクリートの高い塀に囲まれ、正面は鉄柵によって外部とは遮断されている。広さが三十メートル四方ぐらいの墓地だ。アンダルシア地方では、墓地はどこもこのように厳重に管理されている。

私は幅一メートルほどの鉄の扉を開けて中に入った。そこはすべてがニッチョ式の墓になっている。ニッチョ式とは、一口に言えばお墓のアパートである。縦が四十センチほど、幅か五十センチほどのコンクリート式の穴ぐらに棺を押し込むのだ。そこへコンクリートの蓋をする。それが五段か六段ほどの、ちょうどアパートのように造られた集団墓地で、その歴史は古く、すでに十九世紀の前半からこういう様式になったという。

カルバハルの棺は上から二番目の、番号札でその所在が分かった。そのときの私の気持を何と説明してよいのか。しかし彼はそこに眠っている。あの巨体を窮屈そうにしながら。人間はやはり、土に返ったほうがよさそうだ。

そこに立ちながら、私は二人の死を見とっているような気分だった。支倉常長とカルバル・ハポンと。それはしみじみとしたものだった。そしてなんとも名状しがたい心の内だった。

なお常長の墓の所在については、他に仙台市の光明寺や、奥州市にもあると言われているがその確証はないことは前にも述べた。そして私が二〇〇九年頃に、仙台の支倉家の子孫支倉哲男氏にお会いしたさい、彼の墓の所在については、やはり確かなものはないというお話しだった。また彼やその息子が切腹させられたという説もあるが、これもその事実はないと、はっきりと明言されたのだ。そうであってほしいと願う。当時それは、江戸幕府に対する表向きの報告だったと思われるのだ。

歴史的記述とは、いつもこのようにか。

六　渡辺崋山の墓

渡辺崋山には二つの顔がある。彼の、三河の小藩田原藩の家老としての仕事振りには、辛苦に満ちたものがあった。また蘭学者として、幕末の激動期に生き抜くことは、彼にとっては大変な試練だった。そして一方では画家としての顔もあり、卓越した作品を残している。彼はこの方面でも名をなした人物だったのだ。

近年、というか明治以来昭和の十年代から今日に至るまで、「渡辺崋山」を研究し、またその成果を著した出版物が、夥しいほどに世に出ている。中にはその時代を強く反映したのか、必ずしも客観的ではないと評されるものもあるが、いずれにしても崋山は、いつの時代でも強く関心が持たれている人物なのだ。しかしこの本では、その主題からいって、彼の晩年からその死に至るまでを重点的に概略して書いていきたいと思う。

寛政五年（一七九三）九月に崋山は生まれた。三河の田原藩士渡辺定通を父とし、母の名は栄という。生まれた場所は、田原ではなく、江戸半蔵門外にある田原藩邸内の長屋というから、父定通はせいぜい中級武士といったところだろう。また崋山の名は正しくは定静という。そして幼名を登（のぼり）という。兄弟は多く、長男の彼は四人の弟と三人の妹をもつことになる。

崋山が生まれたこの時代、日本はいったいどんな状況にあったのか、それを少し俯瞰してみる。このあと数十年もすると、日本はまさに激動の時代を迎えることになるのだが、この頃でもすでに、その予兆とも言うべき事件なり騒動が起きているのだ。

江戸に幕府が開かれてからすでに百九十年、十一代将軍家斉の時代になっている。フランスで大革命が起こったのが、その四年前の一七八九年のことであるから、その影響が、少なからず日本に押し寄せてきてもおかしくはない。いまだに鎖国状態の中にある日本に、外国船や外国人がぼつぼつやってくる頃だ。この頃にはロシアの船が、さかんに蝦夷地（北海道）にやってきてもいる。日本の開国の気運が、次第に高まりつつある時期にきていたのだ。林子平が『海国兵談』などを書いて、幕府から処罰を受けたのは、崋山出生の前年のことである。

武士といっても渡辺家の生活は貧しく、父の定通が病気がちだったので、その薬代などで家計は火の車だった。そのため登の下の兄弟たちも、幼いうちから外に出され、お寺や商家に引き取られていったのだ。彼の少年時代は、そんな悲しい日々に明け暮れていたのだ。

或るとき彼は、思いがけない出来事に遭った。日本橋あたりを歩いていたとき、大名とおぼしき行列が道の中央を進んできた。そのとき彼は、思わずそれに見とれていたのだろう。と行列の先頭を歩いてきた供人（ともびと）と、彼の肩か腕が触れあったのだ。するとその男はひどく激昂して、登を怒りまかせて打擲したのだ。大人だったら無礼打ちというところだっただろう。

登は泣きもせず、行列の主人を見た。そこで彼が見たのは、自分と同じ年頃の少年だった。供人の打擲に耐えながらも、彼はきっとその若侍を見返した。そして憤怒の表情を隠そうともしなかったのだ。この日の出来事を、彼は終生忘れることはなかった。子供の頃に受けた心の疵は、それほど大きなものがある。

このことがあり、登はその心の内のうっ憤を晴らそうとした。同じ人間でありながら、身分が違うということで、自分が不当に扱われたという考えは、どうしても理屈に合わない。このとき彼は十二歳だったが、すでに大人の世界に首を突っこんでいた。そこで藩の祐筆をつとめる高橋文平に、自分の胸中のもやもやを打ち明けた。すると彼は、登に儒者になるようにと勧めたのである。

登はそう言われるままに、儒者の鷹見某の門人になることになった。しかしそれはすぐにやめてしまった。学問を修めて学者になったところで、それで飯が食えるかどうか、分からなかったからである。彼にとっては、食うことは切実な問題だったのだ。ではどうするか。彼はまたもや高橋に相談したところ、今度は画家になれと言われたのだ。絵描きになれば、将来金も儲かるし、それで生計もたつというものだ。

登は子供のときから絵を描くのが好きだった。そこで彼は、白川芝山という町絵師の門に入った。これも高橋の勧めによる。しかし今度は、登のほうからではなく師匠のほうから破門するといってきたのだ。その理由は、登からの月謝が少ないというのだ。どこまでも金がついて回る。世の中とはこういうものだと、つくづくと思い知らされたのだ。

しかし登は、そんなことでは諦めなかった。その次の絵の先生は、金子金陵という人物だった。今度は旨くいったのか、ここまで来て彼の交友関係はどんどん拡がっていった。その中には滝沢馬琴の名もあり、椿椿山（つばきちんざん）とも識り合ったのだ。彼は体が弱かったが気分は旺盛で、そして知識を得ることに貪欲だった。さすがは江戸である。田原などの田舎にいたら、こんなことはできない。登は江戸に居ることに、感謝しなければならないのだ。

登がお城勤めをするようになったのは、いつ頃だろう。十六歳のときに、藩主三宅康友に従って田原に行ったというが、たいした役にもついていないだろう。また彼が二十五歳のときには、父定通が年寄役末席に連なったというから、登も真面目にお城勤めをしていた筈である。またこの頃には絵のほうにも精を出し、日本橋百川楼で書画会を開いている。もう登と呼ばずに、崋山という名に相応（ふさわ）しい人物になっていたのだ。

文政四年（一八二三）、崋山が三十一歳のときに、田原藩士和田伝の娘たかと結婚した。彼女はまだ十七歳だった。ところがその翌年には、父定通が六十歳で没したのである。崋山はその跡を継いで渡辺家の当主となったのだ。遺禄八十石は決して多くはない。それに父に代わってのお城勤めは、決して楽ではなかった。

しかし崋山のお城勤めは、藩に忠実だった。彼は藩政というものを真剣に考えたのだ。そしてその藩政なるものは、人事から財政へと多岐にわたる。それゆえ彼は彼なりに、幕政の下で藩が置かれた状況をよく知り、藩はこれからどうあるべきかということを考えた。それを、気の合った仲間に向かって、口にすることもあったのだ。

崋山のそういう気持を重役の誰かが聞たのか、彼は藩の年寄末席に連なるように命じられたのだ。天保三年、崋山四十歳のときのことである。かつては父もその役にあったから、これは順当な藩の人事なのだろう。しかもそれを決めたのは殿さまである。おまけに百石の禄を与えられたのだから、普通なら大いに喜んでいい筈である。しかし彼はこれを固辞した。だがその我儘は通らず、しぶしぶその職に就くことになってしまったのだ。彼は重い荷を肩に背負うことになった。

このときの田原藩主は三宅康直。崋山が真面目くさって、無責任にも藩の財政立て直しと叫んでいたときとは違って、いざ重役になって藩の内情を知ったとき、そこに見たのは藩主自らの目に余る浪費と、乱脈した生活振りだった。康直はもともと三宅家の血筋の者ではなく、姫路藩酒井家から養子として入ってきた人物である。崋山は後悔した。あのとき、やっぱりはっきりと断っておけばと。しかしそれも後の祭だ。観念するよりほかなかった。

ところが崋山は、この頃から藩政よりももっと大きく、日本の将来ということを考え始めていた。幕府がいくら鎖国制度を敷いていても、この頃では外国船が多く日本の周辺に来航していた。いっときロシアの船が北海道に来ていたが、最近ではオランダやイギリスの船が、盛んに日本をうかがっていた。船といってもいろいろある。商業的な通商を求めて来ているのもあれば、武装した船もある。日本にとっては、次第に穏やかではなくなってきたのだ。

それを察知してか、水戸藩主徳川斉昭（なりあき）が日本を外敵から護るための海防について、幕府の重臣達に説いたことがある。ここにきて、わが国はいよいよ西洋の国々という、強力な外国と対することになってきたのだ。もしこられの国々が、武力でもってわが国に接近し、火器をもって上陸などとなったらどうすべきか。もちろんそれは、海岸でもって防がなければならない。国防とはすなわち海防だった。

しかし西洋から日本へやってくるのは、武力によるものばかりではない。彼らの中には、日本に有益なものも多くもたらしてくれるのだ。それは新しい知識や医学や文化一般に関するもので、これは日本の将来になくてはならぬものになっていく筈である。この頃、その方面に目を向ける知識人も増えてきた。その一人が渡辺崋山だった。

崋山は改めて蘭学に目を向けた。その蘭学とは、いったいどんな学か。蘭はオランダのラン。蘭学とは一口に言えば、日本人がオランダ人から教えられた学問ということになる。幕府は開府以来、スペインなどがキリスト教を布教すると言いながら、武力

崋山の銅像　愛知県田原市・池ノ原公園

によって日本を征服するのではないかという危惧から、鎖国をした筈である。

ところが時代は、外国船の来航を完全に防ぎようがないところまで来ている。そこでキリスト教布教の意志のないと約束させたポルトガル人だけの入国を認めたのである。しかし無制限ではない。幕府はこのため、長崎の海岸に出島という居留地を造って、ポルトガル人をそこに閉じ込めるようにして住まわせた。

しかし今度は日本への来港で出遅れていたオランダが、ポルトガルの野心、つまり彼らには日本侵略の企てありと幕府に吹聴したため、幕府は慌ててポルトガル人を追い出し、そこにオランダ人を入れたという経緯があったのだ。それが寛永十八年（一六四一）のことで、日本は鎖国状態の中でも一部の西洋人の入国を認めていたのだ。

ポルトガル人の追い出しにまんまと成功したオランダに、日本侵攻の意図がなかったかというと、それは嘘だ。彼らが当時、東南アジアで、武力でもってそこを征服していたのは事実で、それは一九四一年に、日本軍がその地区に進駐するまで続いていたのだ。オランダもそんなに甘くはない。

しかしともかくも、オランダはその牙を隠して日本の地に足を踏み入れた。オランダもキリスト教国に違いなかったが、それよりも彼らは商売に熱心だった。征服した東南アジアの土地では天然資源の獲得という手もあったが、日本人相手では商取引により大きな儲けになることをすぐに知った。やりようによっては、有望な人材を得ることもできると思っただろう。そこで彼らは、自分たちが持っている優れた知識を日本人に与えることに重きをおいたのである。それが蘭学の事始めだったのだ。

蘭学といってもいろいろある。天文学や博物学、化学、兵学などと。それらは人間や為政者が、自分たちの実生活に役に立つものばかりだ。しかしその中でも日本人の知識人が最も識りたがったのは、医学についてである。いっとき蘭学といえば、この医学のことのように誰もが思ったくらいである。

杉田玄白や前野良沢らによって『解体新書』が翻訳されたのが安永三年（一七七四）のこと。これは四年もかかっての大仕事だった。人間の体を解剖するという術は、今までの日本の医学では考えられないことだった。しかし杉田らはその数年前に、じっさいにその「腑分け」の現場に立ち会い、その実技を見ているのだ。彼らは自分たちが翻訳したこの本が、今後の日本の医学の発達に、大きく貢献できることを夢見た。

崋山は蘭学に何を夢見たのか。彼はその頃、高野長英と識り合った。奥州水沢の出身である高野は勉強家で、二十二、三歳の若さで長崎へ行って、ドイツ人のシーボルトの主催する塾に入り医学の勉強をした。その後江戸に帰り、新しく生理学を学びながら蘭学医として開業していたのである。同じ蘭学を志す二人は、ここに相見えることになったのだ。

崋山は長英を、一途（いちず）に物を思うところがある人物だと思った。交き合うにしてもそれも苦にならず、彼はその学識を買った。長英が蘭学医として開業しているとはいえ、それを頼りとしてくる患者は少なかったので、崋山はその生活費をいくらか補（おぎな）ってやったくらいだ。崋山は長英から蘭学をさらに学び、長英もまた崋山からは、政治的な物の考え方を大いに学んだのだ。それがきっかけとなって、彼は医学だけではなく、世の中のこと、日本の政治はどうあるべきかということにも、頭を突っ込んでいくようになった。

崋山はこのあと、小関三英や幡崎鼎（かなえ）などという人物と蘭学を通じて識り合い、その方面への世界を次第に拡げていった。蘭学は医学だけではない。世界の歴史や地理や、果ては砲術などという軍事的なものまでを含んでいる。それらの学問を識ることは、彼の大きな喜びとなり、自分の生き方に対しても励みとなっていったのである。

この頃世の中は、幕府がいくら鎖国制度を堅持していても、外国からの情報は否応なく入ってくる。日本人でも心ある者は、日本はこれでよいのかという危惧の思いにかられる。そこで同志と計って、何かをしなければならないという気運が、次第に市井の志ある人びとの間にも広まっていく。そうした中で、蘭学を修めている崋山の評判が、急に人びとの間に伝わっていったのだ。

しかし考えてみれば、長崎へ行って本格的な蘭学を勉強したこともない崋山が、果たしてどれだけの知識をもっていたかだ。高野長英から聞いたことと、あとは殆どが本から得た知識だけではしれたものである。しかし江戸の人びとは、蘭学というだけで、飛びついてきたのだ。彼らは飢えていたのだ。

そんなとき崋山は、江川太郎左衛門という人物と識り合った。伊豆韮山の代官で名を英竜(ひでたつ)という。彼は幕府の出先きの役人だけあって、その方面の知識も幕府が求めるものに沿おうとする。そして長崎へ行ったこともないので、崋山の蘭学を必要としたのである。崋山が師で江川が弟子ということになる。

それに崋山と江川は共通する面もあった。伊豆は江戸にも近く、より海辺にある。伊豆半島は太平洋に突き出ている。そして崋山の田原藩も三河では唯一、太平洋に面した渥美半島にある。そしてこのとき、幕府の関心事の一つに、海防ということがあった。今や西洋の船の来航が多くなってきた時に、海防は国防そのものになりつつあったのだ。

その後の江川は、幕府の役人という立場上、幕閣の指示もあって、関東周辺の海岸を視察したりした。また兵学者の高島秋帆について砲術を学び、やがて自らが西洋砲術教師となって、幕臣を始め多くの若者に伝授したのである。その中には松代藩の佐久間象山もいたくらいだから、その知識は相当なものだった。さらに彼は、韮山に大砲を造るための鋳造所を造り、この点でも幕府の求めに応じ貢献したのである。崋山とは、その置かれた立場がまったく違っていたのだ。

しかし崋山は、その後も自らの道を歩んだ。むしろその視野は、もっと大きかったというべきか。ところがここに、突然崋山を脅かす妖怪がその前に姿を現したのだ。その一つは、儒者として幕府の存在を学問的に支えてきた、林家(りんけ)一門である。その祖林羅山は徳川家康に近づき、江戸幕府開府以来、その体制を学問的に擁護した人物である。それがひいては、幕府に鎖国政策を勧めさせることにもなったのだ。日本の近代国家化を妨げた共犯者だ。以後江戸幕府は、殆どが農民である日本国民の労働力を搾取し、徳川一族の繁栄にひたすら邁進したのだ。

　このとき、その羅山の子孫で、いまだに幕府の御用学者である林家一門の代表者が、林述斎と三男の林式部だった。二人は蘭学という新たらしい学問が、自分たちが信奉している儒学と相容れないどころか、世の中からは、その学説の根底にあるものさえ否定されかねないという怖れを感じ始めていたのである。このままでは済まされないと思ったのだ。

　ところがこの林一門には、もう一人の男がいた、鳥居耀蔵というのである。じつはこの人物は、述斎の次男で式部の兄になる。それが旗本の鳥居一学の養子になり、鳥居を名のっていたのだ。そしてこのときは、幕府にあって目付の職に就いていた。目付とは若年寄の下にあって、主に旗本などを監視する役目である。彼にはもってこいの役職だった。彼は旗本どころか、周りの市井の人びとに対しても、厳しい監視の目を向け始めたのである。

　江川はその後、幕命によって江戸の海防や軍事についての意見書などを提出したりしていた。その際崋山の意見も採用するなど、二人の交き合いは続いていた。、そしてその求めに応じて、崋山は『諸国建地草図』や、『西洋事情書』などを江川に送っていたのだ。しかしその中には、林家の血を引く鳥居耀蔵の気にくわぬものがあり、彼とその背後にある勢力が、一気に崋山への憎悪をつのらせたのだ。これが世に言う『蛮社の獄』の始まりである。蛮社とは蛮学社中という意味で、その略語である。

天保十年（一八三九）五月十四日、崋山は北町奉行所に召喚されて取調べを受けた。そのほかにも五、六人の者が捕らえられた。高野長英は奉行所の動きを察知して行方をくらましたが、数日後には自首してきたのだ。そしてもう一人、古関三英はいち早く自害してしまった。どうしてこんなことになったのか。それは鳥居耀蔵が告発したからだ。

崋山を取り調べたのは奉行の大草高好だった。彼は鳥居の告発状に沿って尋問した。まず崋山が蘭学の勉強を始めた動機など。それから彼が海防の調査のためと言いながら、奥州金華山に碇泊していた外国船と往き来していたことなどを問いただした。しかし崋山は、それに対して明白に答えた。自分に疚（やま）しい気持など毛頭なかったからだ。奉行の大草も、崋山の言い分を、ほぼそのまま認めるにいたったようだ。大草自身も、これは鳥居の捏造によるものだと思った。

ところがその数日後に、目付の佐々木三蔵が現れて、再び尋問が始まった。そして彼からは新しい証拠が提出されたのだ。崋山逮捕のさいに、奉行所の与力が家宅を調べたところ、彼が書いた原稿の草稿ともいう下書きが見つかり、その内容を問題にしたのだ。その中に幕府の政治を非難する個所があったのだ。結局それが崋山の有罪の決め手になった。取り調べはその後も数回に及んだが、彼の弁明は通らなかった。

天保十年十二月十八日、崋山に対する処分は決まった。その結果彼は、田原での蟄居と言い渡された。また高野長英は永牢と、崋山よりも刑は重い。彼の性格に過激なところがあったからか。これで鳥居の暗躍と密告が功を奏して、彼はのちに栄達することになった。

翌天保十一年一月に、崋山は厳寒の中を、江戸を発って田原向かった。体は弱っていく一方だった。それでも好きな絵を描くこともあった。また藩政を案じることもあった。しかし田原での生活は、彼には侘しすぎた。その中で画友椿椿山との手紙のやり取りが、僅かな慰めでもあった。しかし——。

天保十二年十月十一日、崋山は自害した。脇差での切腹である。享年四十九歳。遺書は全部で五通。まだ自分の墓標は、罪人には石碑が許されないとして、「不忠不孝渡辺登」と書いて残した。壮絶な死としか言いようがない。しかしこれは、藩に迷惑をかけたという、藩主に対する詫びの気持でもあった。


いま崋山の墓は、愛知県田原市の城宝寺にある。田原城の近くだ。この辺りは崋山が蟄居していた屋敷や、博物館には彼のゆかりの品々があって見るものは多い。そして渡辺家の墓地は、城宝寺の中でも特別な処にあるのだ。

墓地には正面に鉄柵の扉があり、その真っ直ぐ先に一族の墓がある。周りには他家の墓もあるので、渡辺一族の墓だけが、コンクリートの柵によって囲まれている。その正面に、崋山の石塔が、高さ一・七五メートルと堂々としてある。そこには「崋山先生渡邊君之墓」とあり、不忠不孝とは書いてない。

田原市、城宝寺墓地にある崋山一族の墓（渡辺隆志撮影）

またその左側に妻たかと、もう一人小華（次男諧（かかる））の墓が一つの石塔の下にある。そして右側にも母単（おえい）と小華の妻すま子の墓も、同じように一つの墓になっている。こうして家族五人の墓が一緒にあるのは、崋山も死んでからのほうが幸せだったのか。彼は墓の中にあって、はじめて余生を楽しんでいるのかもしれない。

崋山が生きていた幕末は、我々が生きている時代に近いだけあって、より身近に感じられる時代でもある。その激動の時代にあって彼がいかに生き、そして自害しなければならなかったかと考えるとき、読者にもいろいろ感慨があると思われる。その感じ方は個人によって、みな違う。それゆえ私は、崋山の生涯については、概略だけを、なるべく客観的に書いたつもりである。

七　江藤新平の墓

幕末の頃、佐賀藩からは多くの傑物や賢人が輩出している。そこに特に原因があるのか。もっともそれは小藩佐賀藩だけに限ったことではなく、薩摩や肥後など、本州と比べて九州の各藩に共通した現象なのかもしれないが。

幕末から明治の初めにかけて、九州では、各藩からやがて中央に進出して政界や教育界で活躍して、日本の近代化に貢献した人物は多くいる。その原因はたしかにある。これは誰もが気付くことであるが、世に言う明治維新を成功させたのは、九州や四国、中国地方の諸藩の、倒幕のための計画や軍事行動によったものであって、幕府に対して勝者となったことによるものである。

勝者と敗者の差は歴然としていた。勝者からは多くの人材が中央政府の要職に就いたのに反し、敗者となった東国や東北地方の旧藩の出身者からは、それは難しいことだった。当時、越後や会津や東北の各藩にも、そういう優秀な人材はいくらでもいた筈である。ところが彼らには、その道が閉ざされていたのだ、敗者ゆえに。これは新しい日本の礎（いしずえ）を築くうえにも不幸なことだった。しかしともかくも、小藩であった佐賀藩からも、多くの若者たちが新しく都となった東京へと向かっていったのだ。

だがしかし、新しい政府の許で行われた制度なり政策にはやがて綻(ほころ)びが見えはじめ、その矛盾点が次第に政争の因になっていく。そして行きつくところは、仲間割れから相対する勢力に発展し、やがて激しい闘争へとなっていくのである。明治の初め頃、日本の政治や社会はそういう状態にあり、各地で騒擾や争乱が多発していた時代だったのだ。

そういう政治や社会の急変により、そこに巻き込まれた人間や民衆は、しばしば不本意な立場に追いこまれ、そして悲劇的な最期を迎えることになるのだ。時代の流れとはいえ、江藤新平もその流れの中に巻き込まれてしまったのだ。無残にも。

天保年間、佐賀藩の藩主は鍋島直正。名君と言える。その天保五年（一八三四）二月、江藤新平は佐賀郡八戸村に生まれた。父は胤光(たねみつ)といい、母を浅子とする。胤光は佐賀藩の下級武士というよりも、さらに下の手明鑓(てあきやり)という侍の身分にもならない男だった。だから一家は極めて貧しい境遇にあった。

新平の兄妹は二人いた。その三人の子供を、母はよく面倒をみた。どこの家庭にもあるように、男が駄目なら、その妻はよく出来ているもので、新平の母は子供の教育の面でも心を砕いた。新平もそれに応えてよく勉強した。彼は読書が好きで、日本の歴史ものなどもよく読んだ

江藤新平

という。「家貧しくして孝子顕る」とはよく言ったもので、孝子は他人に言われなくてもそうするものである。新平もその一人だった。

新平は十六歳のときに弘道館に入学した。弘道館というのは藩の学校で、全国には弘道館とか明倫館という同じ名の藩校があって、この時代それぞれの藩は教育にも力を入れ、人材育成に勉めていた。そこから多くの若者が世に出て、政治や社会に貢献するようになったことは、喜ばしい風潮である。

新平がそこに十六歳で入ったのは遅いほうで、それは家庭が貧しかったからである。普通の武士の家庭なら、六、七歳で入学したという。しかし新平は、ここでは多くの若者たちの仲間入りをして、それだけに彼の視野は広くなり、その世界も拡がっていったのだ。このとき彼は、大隈重信や副島種臣などと識り合ったのだ。

ただこの頃の弘道館の教育は保守的で、もはや時代遅れなものだった。授業を受けている大隈などもこれを批判して、ほかの学問に目を向けていたくらいだから、新平にとっても期待外れの藩校の学問所だったといえる。それは武士の心構えを説いた「葉隠」にも言えることで、大隈らにとっては、主君への忠義よりも、人間性の尊重という考えこそが大事だったのだ。この時代、地方武士たちにとっても、開明思想がようやく浸透しつつあったのだ。

　嘉永六年（一八五三）、アメリカのペリーの率いる軍艦四隻が浦賀に来航した。いわゆる「黒船」の来航である。これには江戸の幕府も、相模あたりの民衆も大いに驚いた。黒く巨大な怪物が、真っ黒な煙を吐いて海上に突然現われた様は、このあと何をしでかすか分からないという不安に、小役人たちが馬を飛ばして江戸に走り、小舟を出したりして右往左往した。これで日本人が、いっぺんに目を醒ましたのだ。

　しかしペリーの来航は突然ではない。彼らは浦賀に来る前に、すでに日本近海を回航し、沖縄の那覇や小笠原の二見港にも入港しているのだ。それにこの二年ばかり、アメリカだけではなく、ロシアやイギリス、フランスなどの艦船も、度たび日本近海に出没していたのだ。

　ところが今回のペリー艦隊の来航は、そんな悠長なものではない。彼らは本気で、幕府に和親条約を結ぶことを求めてきたのである。アメリカ側の要求による和親条約とは、自国の艦船が日本に寄港するにあたり、そこにある港をまず開港すること。その場合、薪水や食糧を供給すること。そしてその艦船に必要な物品の自由な購入を認めることなどを要求したものである。

　さらにそこには外交官を置き、最恵国待遇の承認をすることなどを決めるものである。これは将来、通商条約を締結するためのアメリカの布石なのだ。このとき日本は、否応なく開国を迫られたのである。

　しかしこのアメリカ側の強硬手段は、外交的な見地からすれば、必ずしも不当なものとは言えない。なぜならアメリカは、日本を確たる独立国とみなしていて、かつてのイギリスが、清国（中国）に対して行ってそこを占領しようとした蛮行とはわけが違うのだ。ここではむしろ、開国を渋っている江戸幕府にこそ問題があると言わざるをえない。このことがあった翌嘉永七年三月、日米間の和親条約が締結されたのである。

この頃新平はどうしていたか。じつは安政四年、二十四歳になった彼は結婚したのだ。相手は従姉妹の江口千代子。そして二年後には長男熊太郎が生まれた。弘道館の仲間からは、時として変人扱いされてきた新平だったが、この頃は人並みの家庭を持ったわけだ。お城勤めもし、火術方目付や貿易方の役にも就いている。

しかし激動する世の中の動きに対して、若い彼の意識の中には、彼なりの個性的な考えが固まりつつあった。この頃の日本の政治は、開国を迫る諸外国の圧力に対して、少しずつそれを容認する勢力と、そうではなく徹底的に攘夷を実行する勢力と、二つに大別することができる。前者には幕閣や諸大名の一部にあり、後者には京都の朝廷、しかも孝明天皇の考えが大きく影響していた。その両者の暗闘が、のちの倒幕運動へと突き進んでいく、大きな原動力となったのである。

そうした情勢の中にあって、新平の考えはどうだったか。彼はこの頃の若者が、血気にはやって開国論を唱えるのとは違って、開国志向ではあってもその手法は穏やかなもので、むしろ攘夷派に属するものだった。中でも天皇への忠誠心ということでは熱いものがあったのだ。

弘道館の教育方針を蔑んでいたものの、そこには「葉隠」の教えが片隅にあったのかもしれない。

文久二年六月に、新平は佐賀藩を脱藩して京都に向かった。脱藩は普通、藩に不満を抱いて行うものが多いが、彼のはそうではなく、藩に迷惑がかからないようにとそうしたのだ。脱藩には勇気がいるが、藩を出て同志を募るという積極的な面があり、この時代多くの若者たちがそうしたのだ。薩摩の有馬新七や土佐の坂本龍馬らがいる。

上京した新平は、そこでどんな働きをしただろう。しかし長州の桂小五郎（木戸孝允）などに会ったものの、彼には活動の場は殆どなかった。坂本などのように抜群の行動力があれば別だが、小藩の出身の新平にはそれもできなかった。彼は間もなく佐賀に帰ってきた。そのうえ藩の重役の中には、新平を激しく罰せよと言うものもあり彼は危うい目にあったが、結局は永蟄居を言い渡されただけですんだ。

新平は自分が行なったことが、軽率だったとは思っていない。日本の将来のことを思えばこその行動だと思っている。しかし世の中はそれほど甘くはなかった。京都には脱藩者が多くいたが、そこでも大きな藩の出身者が幅をきかせていたのだ。だが彼の強い意志は少しも衰えなかった。永蟄居の身でありながら、新平はしきりに動いた。具体的な成果があったわけではないが、他人と議論したり、相手を唆したりした。

一方その間にも、世の中は激しく動いていた。新平が京都へ行く少し前、大老の井伊直弼が、江戸城桜田門外で、水戸や薩摩の藩士に殺害された。万延元年三月のことである。これは井伊が、混乱した政局の中で、幕府に反対する諸勢力の一掃を策した処置で、多くの人びとを捕らえて殺害した、いわゆる「安政の大獄」に対する報復だったのだ。

吉田松陰や橋本左内、頼三樹三郎や飯泉喜などが、井伊のために皆死罪になった。またその追及の手は諸大名にも及び、前の水戸藩主徳川斉昭を始めとする、徳川本家と反目していた尾張藩主や越前藩主までもが、隠居させられたりしたのだ。また梅田雲浜などは、捕らえられて獄舎で死んでいる。

国家が或る目標に向かって動いているとき、私利私欲を捨ててそこに参加しようとする人物もいれば、権力者としてその既得権を保持しようとする勢力はいつの時代でもある。しかしこの時の井伊の、将来の日本にとって優秀な人物となる筈の彼らを、次つぎと抹殺していった行為は、絶対に許されるものではない。雪中で斬殺された彼に、誰が同情しようか。

つぎに起こった事件がある。これは「生麦事件」といわれる、ある日突発的に起こった事件である。場所は神奈川の生麦村の松並木の街道。そこを薩摩の島津久光の行列が通りかかった。とそこへ、イギリス人四人の一行が、その行列の行く手を遮るようにして馬でやってきたのだ。それを見た行列の中の侍が飛び出して、彼らに斬りつけたのだ。いわゆる無礼打ちで、これは大名行列が時として行うやり方だった。

斬りつけられたイギリス人のうち、一人が死んで、二人が傷を負い一人の女性だけが無事だった。その結果が問題となったのだ。外国の艦船が港に入り、この頃ではそういう外国人が陸に上がってくる中での、初めての事件だった。薩摩藩の連中が関わったといっても、事件について対応するのは幕府の役目でもある。

事件の責任は薩摩側に多くあった。そしてその賠償金の支払いで問題が起こった。イギリス側は多額を請求してきたのだ。交渉は幕府側との間で行われたが、この頃の幕府は、外交的なものには何の有効的な手も打てない状況にあり、イギリス側の言うがままに決着したのである。これが文久二年八月のことだった。

ところがこの事件は、そのあとすぐに次の段階へと進んでいった。翌文久三年七月、イギリスの艦隊七隻が鹿児島を砲撃し、世に言う「薩英戦争」が勃発したのだ。嵐の中、錦江湾上での双方による砲撃戦は凄まじく、薩摩の大砲は、イギリス艦隊を的確にとらえて大きな損害を与えた。しかし薩摩も鹿児島市内の多くを焼かれて、これまた大きな被害を受けたのだ。

結局この戦争は、イギリス艦隊が鹿児島を去ったことによって終わったが、幕府はこれに対して何の干渉もしなかった。外国の軍隊が日本の国土を砲撃し、場合によってはそこに上陸しようとする気配の中で、国家を代表する江戸の政府は、何らの措置もとらなかったのだ。今や幕府は名ばかりのものとなってしまったのだ。

その後も幕府の権威は失墜する一方だった。そしてついに、将軍徳川慶喜は大政を奉還して王政復古が成ったのだ。すなわち江戸幕府はここに倒れ、天皇を中心とした新しい政府が誕生したのである。年号も慶応から明治と改められ、日本はここから近代国家へと歩み始めたのである。時に一八六八年のことである。

そのとき江藤新平は、どこでどうしていたのか。あれ以来、彼は佐賀に居たままだった。久留米や太宰府あたりへ出かけて、人に会ったりしたが、それは何ほどのこともなかった。ましてや他藩の要人や、かつては浪士だった人々が各地で活発に動いているときでも、新平はそこに参加することもなかった。彼の胸中はいかばかりだったか。その間に父の胤光が死去した。また都では孝明天皇が崩御して、一時代が終わったのだ。

明治元年七月に、江戸が東京と改称され、新天皇が京都から東京へ行幸になり、名実ともに東京が日本の中心、つまり首都となった。ついで役所などもこの新しい首都に次つぎと設置されて、各地からは有能な人材がそこに集まった。しかし新しく藩主となった直大は佐賀にいたままだ。新平もこれに従うよりほかなかったのか。

しかしその後になって、新平はやっと江戸に上った。藩主直大も上京を促されて佐賀を出発していたので、新平もそのあとを追ったのだ。彼は自分の前途がようやく開けたという思いをしただろう。そこですぐに、彼は徴士（ちょうし）という身分で、明治政府に取り立てられたのだ。徴士とは国家の役人という意味だ。

しかし新政府の政治機構は、始めのうちはなかなか固定しなかった。新平の職務にしても、鎮将府判事だったり総督府軍監だったりと、その職域も漠然としたものだった。それに彼には、

司法省高官とともに。前列右から３人目が江藤（佐賀城本丸歴史館蔵）

自分はまだ佐賀藩士だという意識があって、身の置き処に不安定なものを感じてもいたのだ。

そのうちに今度は鎮将府が廃止され、新平の身分も会計官東京主張所判事という役職に就くことになった。彼が特に、判事などという職種を選んだかどうかは分からない。とにかく財務とか軍部というのとは違う。それに向く向かないという選択は、上に立った人物が判断してそう決めたのだろう。いずれにしても新平は、新政権の下でこの仕事を続けることになったのだ。

しかし新平が、国政全般について関心がなかったというわけではない。それどころか彼は、東京に来てみて庶民の生活が貧しく荒（すさ）んだものであることに心を痛めた。そしてそれに対応するためには、莫大な資金が必要であることも知った。またこれは東京だけではなく、今は「地方」になってしまった各藩の侍たちの生活が苦しくなっているとの声も聞いた。そこで彼は、そういう地方の貧しい下級侍を東京に呼んで、彼らを新設の軍隊の兵隊として採用することを考えたのだ。

ただこれは、新平が独りで考えたことではない。この時の政府の関係者なら、誰でも考えつくことである。この時代、農民は殆どが貧しかった。そういう彼らを新設の国軍の兵士として採用することは、むしろ必然的なことだったのだ。そしてそれと同じ考え方がもう一つあった。地方の中小の藩の侍を呼んで、それを巡査、つまり警察官として採用することである。これはたしかに妙案だった。この頃ではそういう下級武士のことを、士族といった。

新平はこの頃意気込んでいた。東京の庶民の暮らしぶりに心を痛めたり、地方の士族の身の上を案じたり、国家の財政を心配したりして気分的にも忙しかった。さらに彼は、あらゆる自分の考えを手紙なり文書にして、他人(ひと)に送ったり発表したりするのが得意で、この頃には「政府急務十五条」なるものを政府に提出しているのだ。しかしそういう類のものは、今までも余り採用されたことはない。

明治二年二月に、新平は母の看病のために佐賀へ帰った。しかし佐賀へ帰った理由は、それだけではない。佐賀藩の政治や財政について、そこに参与することになったのだ。つまり日本は明治になってその政治体制は変わった筈なのに、地方では依然として藩というものがあったのだ。明治維新といっても、何もかもがいっぺんに変わったのではない。

このとき佐賀藩では副島種臣が参政に、江藤新平が参政格に任じられた。その上に執政という最高指導者があったが、事実上この二人が藩政をみることになった。つまりこれからの藩政については、藩主は口を出すことができなくなったのだ。時代は地方でも少しは変わった。新平にしても、下級武士の息子の自分が、よくここまで来たと思っただろう。親父は死んでこの世にはいないが、母には親孝行をすることができたのだ。

新平は早速、藩政の改革に手をつけた。しかしこれは容易なことではない。それに藩政といっても、これは殆どが財政に関することだった。この頃ではどの藩も財政は逼迫していたが、佐賀藩など小さな藩では、改革といってもやることはしれている。新平が手をつけたところで、佐賀の特産品である伊万里焼が、伊勢の万古焼と比べて劣っているといって、それを改良させたりするぐらいでは、どの程度の効果があったのか。

明治二年十一月に、新平は再び上京した。そして公務に就く。ところがここで、彼は思わぬことに遭遇する。この年の十二月二十日、彼は溜池にある佐賀藩邸を訪れた帰り道、五、六人の暴漢に襲われて斬りつけられたのだ。傷は浅く肩を斬られただけだった。暴漢といってもたいした輩ではなく、新平が一喝したのに驚いて逃げていった。犯人は数日後には捕らえられた。それがなんと、佐賀藩の足軽連中だったのだ。新平の、藩の政治改革に不満をもった連中だった。その改革は、足軽連中という身分の者にとっては、給与の面で深刻で、不満のあるところだったのだ。

その二年後の明治四年七月に、いわゆる「廃藩置県」が成った。ここに日本は、政治体制としても、完全に江戸幕府から明治新政府へと移行したのである。廃藩置県の考えは依然からあり、そこには大きな紆余屈折があった。しかし最後の段になってこれの決行を決めたのは、西郷隆盛と木戸孝允という薩長を代表する二人の男だった。ことに西郷の政治的な行動には目を見張るものがあったのだ。

明治政府はこれを機に、近代国家への体制をさらに進めていく。そして機構の中央集権化はますますその度を早めて、行政の効率化も計られていくのだった。ただそこには、それがゆえのさまざまな問題も生じていった。だがここでは、まだそれを取り上げない。

新平の東京での活躍は、次第に忙しくなっていく。廃藩置県の数日後に、彼は新設したばかりの文部省の大輔に就任した。これは大役だった。国家の教育制度を基から創っていかなければならない。しかも教育制度の前提となるのが、わが国の思想的、宗教的なものを考えたうえでのことになるから、これはそう簡単にできる仕事ではなかった。

そこで彼が採った策とは、仏教と儒学を共にし、今後日本に入ってくるであろう、キリスト教的な教育を排除したものを根本に据えるという、極めて保守的な考えの上に立ったものだった。かつての彼の、攘夷的な考えの顕れだったのか。

文部省の創設とその基本方針が策定されてから間もなく、新平は左院議員になり、ついで左院の副議長に就いた。議長には後藤象二郎が任命されている。彼はいよいよ中央政界でも、その要職に就くことになったのだ。左院とはこのとき国家の政治体制として、正院、右院と並んであったもので、立法に関する議決機関だったのだ。この頃藩閥政治が色濃く見え始めていたので、新平はその議員には、長州や薩摩以外の藩士の中から多くを選任した。彼のささやかな抵抗手段だった。

明治の始め政局は依然として混沌としていたが、その体制がやや落ち着いてきたところで、政府は諸外国に向けて使節団を派遣することを決めたのだ。そして全権大使を岩倉具視として、随員を次のようにした。すなわち木戸孝允、大久保利通、伊藤博文、山口尚芳などと。その他書記官や通訳など、総勢四十八人の大使節団だった。そこには新生国家としての意気込みが感じられ、これは是非とも必要なことだった。ただそこには、西郷隆盛や江藤新平の名はない。

明治四年（一八七一）十一月、一行は横浜からアメリカの汽船に乗船して出発した。そしてサンフランシスコに到着後はアメリカ大陸を横断し、ワシントンではグラント大統領にも会った。その後はヨーロッパに渡り、イギリス、フランス、ベルギー、オランダ、ドイツへと回った。中でも彼らは、ドイツのビスマルクに会って大いに感激した。政治を志す者としての感受性の強い彼らは、鉄血宰相と言われたビスマルクからは、相当強いものを感じとったのだ。

この米欧派遣団の目的の一つは、過去に結んだアメリカとの条約についての交渉だったが、これは失敗に終わった。アメリカは、日本はまだ子供だと思って馬鹿にしたのだ。しかし一行は、ヨーロッパでは多くのことを学んだ。その成果はあったのだ。使節団は明治六年の九月になって帰国した。彼らは強く、欧米の事情から影響を受けて、今後の日本の政治のやり方の参考にしようとした。そういう彼らを開明派と言うべきか。そしてそこに残った西郷や江藤のことを、保守派と言うべきか。

明治五年四月に、新平は司法卿に就いた。岩倉らの留守中にそう決まったのだ。新平はここでも意欲的に働いた。その功績の一つとして彼は裁判所を全国各地に設置することに勉めたことがある。これは裁判所の存在が、国民のより近い処にあるということで意義があったのだ。これで司法省の格もあがり、日本の司法制度は、やがて三権分立という理想的な姿にと向かっていくことになるのである。

ところがその後の政局全体から見ると、さきに米欧派遣団として外国に渡り、各国の諸事情を見聞してきた者と、国内に残っていた者との間に、どこか反目し合う風潮が見られるようになったのだ。これは気掛かりなことだった。それにもっと憂慮すべきことは、この頃の政変や社会の変化や改革によって、侍としての身分を失って、今は士族となった人々の不平不満の声が次第に大きくなってきたことである。そしてそこに突如として湧き起こったのが、いわゆる「征韓論」だった。これが政界を大いに揺るがすことになる。

この頃日本は、幕末から新政府になってからでも、外国との交渉により積極的に開国、近代化を目指していた。そしての過程で、隣国朝鮮に対しても、開国して外交交渉をするようにと要求してきたのだ。しかし朝鮮はこれに応じず、なおかつ日本に対しては警戒心をつのらせていた。そこで征韓論などという物騒な考えまでが飛び出してきたのだ。

明治三年に、政府は久留米藩の佐田白茅（さだはくぼう）らに対して、当時朝鮮に臣礼を取っていた対馬の実情を調査させた。そしてそこには日本の支配権が及んでいないことを知った佐田は、帰国後に政府に対して提出したのが征韓論だった。征韓論はこの辺りから議論されるようになったのだ。そして朝鮮側も、再度にわたる日本側からの外交交渉を拒否し続けたのである。

その後の日本政府は対朝鮮問題だけではなく、この頃アジアに目を向け始めていたロシアに対しても警戒心を強めていった。そして内政面では、士族への扱いが徐々に大きな問題になっていったのである。政局は次第に、風雲急を告げる状況になってきた。ここで時代は、一挙に明治六年八月にまで進んでいく。

この月の十七日、大臣三条実美の許で行われた、西郷、板垣、大隈、後藤、江藤、大木ら各参議が出席した会議の結果、西郷が大使となって朝鮮へ派遣されることが決まった。これは西郷の希望どおりのものだった。ところがそこに岩倉具視が現れたのだ。彼は一連の外遊からいちばん遅く、九月十三日に帰国したのだ。そして西郷の大使派遣のことを知った。彼は大いに驚いた。

岩倉は、西郷が死ぬ気で朝鮮へ渡ることを感づいている。西郷は会談を破談させて、戦争になることを企んでいる。そのための征韓論だ、と見ている。そこで彼が得意の裏工作を行い、天皇の裁可という形で、西郷の大使派遣のことを無期延期とすることが決まったのである。劇的な政治事件といえる。西郷の望みは、あえなく断たれたのである。

その翌日、すなわち明治六年十月二十三日、西郷が辞表を提出した。これに倣い鹿児島の同郷人桐野利明ら多数の陸軍士官らも辞表を出した。その後間もなく、西郷らは鹿児島に帰っていった。そして江藤新平も、副島や板垣らと共に辞表を出したのである。ただ彼は、御用滞在を命じられて、佐賀へ帰ることは許されなかった。

政争に敗れた新平は、それでもなお政治への情熱をすてることなく、「民撰議院設立建白書」なるものを、板垣退助や副島種臣らと連名で左院へ提出している。ついで彼は、日本で始めての政治結社である「愛国公党」を結成したのだ。これは大久保らを中心とした現政権への批判をしたものであり、政治は日本人民が参政してやらなければならないと主張している。政治体制の理想化を求めたものだ。

ところが新平は、このあと佐賀の征韓党から呼ばれて、郷里に帰ることになったのだ。彼には、佐賀が不穏な状態にあることがすぐに分かった。そのとおりで、それは彼が想像していた以上の騒擾状態にあったのだ。

このとき政府は、佐賀県県令（知事）に岩村高俊を内命していた。廃藩置県により、権令（ごんれい）には中央政府から任命された人物が配置されることになっていたのだ。しかし岩村は、内命が下ってもなかなか着任できなかった。県内が不穏な雰囲気にあることを知らされたからである。そこで大久保は、そういう不穏分子を軍隊を派遣することによって、鎮圧するようにとの手段を考えたのだ。

一方佐賀に帰った新平は、彼の留守中に結成された征韓党の党首に迎えられた。このときには佐賀には憂国党や宗竜寺党などがあったが、新平が東京で、西郷らとともに征韓論を唱えていたので、彼の佐賀での落ち着き先がそうなったのだ。また征韓党にしても憂国党にしても、その構成員は旧佐賀藩士だったことから、新平にしても彼らの主張には共鳴するものがあった。彼らは今まで拠り処としていた藩から離れたために、その生活は困窮していたのである。

そしてここで事件が起こった。それは憂国党員が、政商小野組の支店を襲って、その金品を強奪したという事件である。小野組は銀行業で、そこには政府の公金も預けられている。政府はこれを重視した。官金強奪は国家への叛乱である。そこで政府は、ついに九州に鎮圧部隊を差し向けることになった。いよいよ「佐賀の乱」の幕開けである。

まず大久保が出兵の指示を出した。これにより熊本、広島、大阪の各鎮台の兵が動いた。そうなれば佐賀の士族たちの意気も上がった。憂国党や征韓党の党員は、刀や槍などを持ちだして武装した。そしてそこに、大久保に後押しされた岩村高俊が佐賀城を県庁とした府内に入ってきたのだ。それを知った士族たちは、奮いたって県庁を襲撃した。それが明治七年二月十六日のことである。

事ここに至っては、新平も立たざるをえない。それに士族たちの不満は、新しく赴任してきた権令にあるのではなく、今の中央政権のやりように対するいわば反政府運動であって、それは九州出身者の多くの政治家、殊に西郷などもそれを理解してくれるのではないかという思惑があってのことだった。そこで彼は密かに、鹿児島や近隣の同志と思われる人物に書を送り、その来援を頼んだのだ。

しかし一時は一万数千人にまで膨れ上がった士族たちも、政府の鎮台部隊との交戦により、苦もなく打ちのめされたのだ。大砲まで持ち出した軍勢に対して、刀や槍を振り回しても敵うはずがなかった。一時県庁を占拠した士族たちは、数日後にはそこを追い出された。そのうえ政府は、これら士族を反乱軍とみなし、太政官布告で賊徒として決めつけたので、彼らが拠って立つ処は何もなくなったのだ。

新平は乱が続く中、二月二十三日には佐賀を脱出し、八人の部下と共に鹿児島に向かった。西郷を頼みとしてたのだ。そして鹿児島の鰻温泉で西郷に会ったが良い返事はなく、その後は鹿児島から宮崎の飫肥を経て、海路四国の八幡浜に辿り着いた。そこから山中を土佐に行き林有造と会ったが、ここでも援助を断られた。西郷にしろ林にしろ、江藤らの起こした騒擾は、国政という大局的な見地から見た場合、取るに足りない小さなものだったのか。

その後三月二十九日、新平らは高知からさらに東へ、土佐の甲の浦の民家に入ったところを、ついに捕らえられてしまったのだ。彼らの行動は、数日前から見張られていた。しかし新平らに自首する気配がないので、やむなく阿波へ入る前に捕縛したのだという。こうして「佐賀の乱」は終わった。

その後新平らの身柄は甲の浦から佐賀に移され、臨時に設置された裁判所において審問が

江藤新平捕縛を報じた東京日日新聞の記事

始まった。そして二日後には判決が下されたのだ。それは厳しいものだった。江藤新平には除族(じょぞく)のうえ死刑、そして梟首(きょうしゅ)。その他の六人には除族のうえ断罪とした。判決はその日早朝に言い渡され、七人は夕刻には佐賀城内で処刑された。時に明治七年四月十三日のことである。新平享年四十一歳。

梟首、つまり晒し首は死者を辱しめるものだった。誰がそれを指示したのか。じつはこの乱の始めから終わりまでを指揮監督したのは、ほかならぬ大久保利通だった。彼は今や、新政府の最高責任者の地位に立とうとしていた。征韓論など許されるものではない。そう思えば江藤への処分は、より厳しいものでなければならない。江藤だけではない。大久保はその先に、西郷の姿を見据えていたのか。

新平の亡骸は嘉瀬川堤に梟首されたあと、遺族が引きとり蓮成(れんじょう)寺に葬られたが、その後木行寺に改葬され今に至っている。また明治二十二年に明治憲法発布による恩赦があり、彼の罪名は消滅された。さらに明治四十四年には、昭憲皇太后より新平の妻千代子に対して、金三千円が下賜されたという。こうして彼の、賊徒としての汚名は晴らされたのだ。しかしそれにし

佐賀市本行寺にある江藤新平の墓。右は妻千代子の墓

ても、彼の死は無念さの残るものであり、その生き様は、波瀾万丈の生涯というものだった。

いま江藤新平にまつわる場所は、佐賀市内に多くある。彼の生家跡、弘道館跡、佐賀城趾などと。また本行寺には彼の墓がある。蓮成寺から移されたものだ。この間のいきさつは、遺族の思惑があってのことで、そのわけを外の者が問う必要もない。彼の墓は寺の正面の本堂の手前左手にある。高さ二メートル以上にもなる石の堂々としたものだ。表には「江藤新平君墓」とあり、これは副島種臣が書いたものだ。

なお本行寺の言い伝えによると、遺骸は鉄製の棺に収められているという。異様な姿だ。しかしそこには、遺族や佐賀市民の特別な思いが込められていると思う。慎んで冥福を祈りたい。またその横には、妻千代子の墓もやや小さ目にある。

八　西郷隆盛の墓

日本の歴史上、西郷隆盛ほどその名を知られた人物はほかにはないと思う。第一級の政治家ということでもないし、勇猛を馳せた武将でもない。また学者でもなく、ましてや聖人と呼ばれる人物でもない。

大昔には聖徳太子という人物もいた。これは一万円札にもなっているから、相当偉い人物だ。そして次に出てくるのが源頼朝で、この男は日本の政治を朝廷から奪って、自分たち武士階級のものとしたのだから、これも偉い人だ。その次の戦国時代になると、織田信長と豊臣秀吉が登場する。信長は自身が刀を振り回したわけではないが、合戦によって多くの土地を奪って、日本を統一する下地を作った。これは武士であり政治家の姿だ。

そしてその跡を継いで天下を統一したのが豊臣秀吉である。彼はあの顔で、他人(ひと)から馬鹿にされることもあったが、その政治的手腕は第一級である。やることが意表を突いたり、行動が果敢で大風呂敷を拡げても、ちまちましたことはしない。なかなか常人ではできることではない。日本の歴史上特筆すべき人物である。

あと有名な、というだけなら忠臣蔵の大石内蔵助などもいるが、これは秀吉などとは比べものにならない。ここで言う有名な人物ということになれば、その業績がある程度大きくなければならないのだ。主君の仇討ち程度では大きいとは言えない。そこで西郷隆盛はどうかということになるが、これはもう日本人にとっては一番の有名人なのだ。それに有名人は、人々から親しみを込めて愛されるような人間でなければならない。

日本人は、西郷さんと言う場合と、西郷隆盛と言う場合とどちらが多いだろう。もちろんこれは人による。大人でも子どもでも、それに少し学識のある人と、市井の小父さんとではたしかに違いはある。しかし別に、学識のある人が西郷さんと言っても、これはおかしくもないし、自らを卑下する言葉でもないのだ。そういう意味では、西郷隆盛という人物は、いったいどういう人なのかと、大いに興味が持たれる人物である。

ところがその疑問に対する答えが一つあるのだ。その答えとは――。それは外の人物にはない包容力である。その懐の大きい包容力こそが彼の持ち味である、と私は思う。そういう考えは間違っているだろうか。いや、間違ってはいない。

それに人びとが西郷さんと言いたくなるいちばんの因は、あの上野のお山に立っている西郷さんの着物姿だ。あの銅像は彼が亡くなってから暫くあとになってから創られたものだが、彼を着物姿にした作者の着想は、大したものだ。鹿児島にも彼の軍服姿のがあるが、あれは鹿児島の人びとにとっては、郷土の産んだ英雄かもしれないが、居丈高で少し近づきがたいところ

東京・上野公園に建つ西郷隆盛の像

がある。

戦後すぐに作られた小津安二郎の映画で、「長屋紳士録」というのがある。飯田蝶子や笠智衆が出てくる映画である。その最後の場面で、上野の西郷さんの銅像が出てくるのだ。初夏の頃か、穏やかな陽が差している。その中で、十人ほどの子供が西郷さんの下に集まっている。見ると彼らの着ているものは貧しく汚れて、跣(はだし)のもいる。そして子供のくせに、通りがかった大人が捨てたタバコを拾って、それを仲間と回しながら吸っているのだ。

彼らは戦災孤児だったり、家出少年だったりしたのだ。ところが彼らの顔の表情には、不思議と暗さはない。寝ころんだり足を投げ出したりしているその姿には、屈託がなくのびのびとしたものさえ感じられるのだ。西郷さんの足許にいて、彼らは安心しきっているのだろうか。

こういう言い方はこじつけかもしれないが、西郷はそんな人物だったと思う。彼はよく「敬天愛人」と揮毫しているが、それこそが彼の心の内にいつもある、他人へのいつくしみの気持ちなのだ。別に誉めすぎでも、大袈裟な言い方でもない。

西郷隆盛については、昭和の初期より多くの書が出版されている。それゆえ読者は、彼の生涯とその事績をとくと承知されていると思う。したがってこの本ではその性質上、いわゆる「征韓論」の辺りから彼の心の内の葛藤を描いていきたいと思う。

文政十年（一八二七）十二月に隆盛は生まれた。場所は鹿児島城下（いまの加治屋町）。父を西郷吉兵衛、母を満佐子とする。のちに兄弟姉妹が六人生まれるが、弟の従道は海軍大将になる人物だ。

少年時代には藩の聖堂に通い勉強した。そこで知り合ったのに、二つ年下の大久保正助がいた。のちの利通である。彼の弁舌はさわやかで、隆盛は黙ってこれを聞いていたという。その後十八歳のときにお城勤めとなり、郡文書役助になった。一応、事務方の仕事に就いたわけだ。

ところがその藩主島津家に持ち上がったのが「お由羅騒動」である。その結果藩主斉興は退隠し、長男斉彬（なりあきら）が藩主の座に就いた。これが嘉永四年二月のことである。斉彬はこのとき四十三歳、西郷が二十五歳のときのことだった。彼にとって、名君斉彬との出逢いは運命的なものがあった。

その翌年の嘉永五年は、西郷にとっては、その人生の中では最も悲しい年になった。この一年で祖父と父と母を、いっぺんに亡くしたのである。彼がその跡を継いだのだが一家は貧しさに晒され、兄弟の面倒を見るのも大変だった。しかし弟の吉次郎がよく兄を助けた。

その一年後の安政元年に、西郷は藩主斉彬に従って初めて江戸に向かった。その頃には身分も中小姓になっていた。斉彬に見込まれてのことだろう。また江戸ではその街並みに驚きの目を見張り、東海道の上り下りには富士山の秀麗な姿も眺めただろう。しかし彼はその秀麗さよりも、鹿児島の桜島の豪快な姿を好んだ。そこに薩摩人としての誇りと自信も強く感じていたのだ。彼には秀麗さよりも、豪快さのほうが性に合った。

この頃、幕末から明治維新に至る世の移り変わりは激しい。西郷の少年時代・天保八年に、大坂で「大塩平八郎の乱」というのが起きている。大坂町奉行所の与力だった大塩が、貧困に悩む庶民の生活を見かねて、幕政を批判して兵を挙げたのだ。事件はすぐに鎮圧されたが、これは大坂のみならず、この頃の日本じゅうの庶民の生活の苦しさを幕府に訴えた事件だったのだ。

そして次にやってきたのは、ペリーの率いる「黒船」である。これには朝野の日本人が大いに驚いた。開国か攘夷か。朝廷か幕府か。その他大勢と、国論は二つに割れて喧々囂々（けんけんごうごう）。日本人はやっと目が覚めたのだ。

この安政元年に西郷は江戸にいた。彼の目も次第に開かれていく。江戸は広い。薩摩とはだいぶ違う。それにいろいろな事件も起きる。幕府では井伊直弼が大老に就いて、幕府を批判する志士を捕らえては、次から次へと殺していく。西郷はそのことを肌で感じることもあった。しかしまたそこでは、藤田東湖などという学者に会うこともでき、大いに感化されたのだ。彼の人格もだんだん大きくなっていく。

この辺りから西郷の気持は、次第に日本の将来について考え、自分はどうしたらよいかと思案するようになった。ところがここで、またしても彼の身の周りに変事が起きる。この頃では斉彬の指示により、鹿児島と江戸の間を何回も往復し、その間には京都において勤王派のために、公家や各藩の藩士とも会って政治工作をするまでになっていた。

ところがその京都にいたとき、彼は斉彬の突然の死を報らされたのだ。これは大変な衝撃だった。その後ろ盾を失ったことよりも、薩摩のみならず、この混乱した政局の中にあって、これだけの人物を失ったということは、計りしれないものがあると思ったのだ。

また西郷には、この頃京都で知り合った人物に、清水寺の僧月照（げっしょう）がいた。彼も勤王派で、公家の近衛家などと接触して活動していた。そこで西郷は月照に向かって、自分は薩摩に帰って、斉彬の死に対して殉死したいと言いだした。しかし月照はそれを強く諭して、その考えを思い止まらせたのだ。そこまではよかった。

しかし月照はこの頃、幕吏によってその行動を監視されていた。そこで西郷は、月照を薩摩に落ち延びさせるようにと相談し、これが決まったのだ。ところがこれを知った薩摩藩は、月照を匿（かくま）うことを拒否したため、西郷はその責任を感じ、月照もまた将来を悲観して、共に死ぬことを決心したのだ。これが月照との「心中事件」だった。殉死といい心中を考える彼の行動は、その直情的な性格からくるものか。

錦江湾に飛び込んだものの、西郷は助かった。薩摩藩は体面上西郷は死んだとして、彼を大島への島流しとしたのである。ここで彼の生活環境は一変する。島の娘を妻とし、やがて二子をもうける。また名も菊池源吾と改めた。しかし倒幕への情熱は少しも衰えない。藩に残った大久保らと連絡をとり合って、京都や江戸の政局の動静をたえず注視していたのである。そういう影響力は、斉彬のあとを継いだ島津久光も認めざるをえなかった。西郷は今や、一方の首領にまでなりつつあったのだ。

その後時は移り、西郷も赦免されて藩に戻った。そこでは藩の実権を握った久光の動きも慌ただしくなり、西郷もその指示に従って動くことが多かったが、一面単独行動をとってはその怒りをかうこともあった。そのために、今度はまた沖永良部島に流されたりしたのだ。しかしもはや彼は、薩摩にはなくてはならぬ存在になっていたのだ。

文久三年には薩摩とイギリス艦隊との戦争があり、これは双方に大きな被害を出して引き分けた。そして続いて起きたのが、第一次長州征伐と第二次長州征伐。さらに「大政奉還」となり江戸幕府の時代は終わったのだ。朝廷での摂政や関白も、また江戸の将軍職もすべて廃止されることになった。時に慶応三年（一八六七）十二月のことである。

ところが大政奉還といっても、その後の実情は旧態依然としていて、旧幕府の勢力は、すべてそのままに残っている。べつに武装解除をしたわけでもなく、殊に東国の諸藩では、戦国時代のように藩主、つまり城主たちが各々の地に割拠していたのだ。

大政奉還の前年、薩摩と長州は同盟を結んでいる。そして大政奉還後の朝廷における公家や大名の、変革についての会議は少しも進んでいない。旧幕府に本当にその気があるのか。徳川慶喜は言葉を濁して、いつまでも将軍であり続けるのか。西国の大名たちの間には、それへの不信感もある。しかしそのことにもっとも不満をつのらせているのは、いままで倒幕運動に奔走してきた各地の志士たちである。そしてその代表格が西郷隆盛だったのだ。

慶応四年（明治元年）一月に、鳥羽伏見の戦いがあった。これを戊辰（ぼしん）戦争の始まりとする。そしてその後の動きは急だった。二月十五日、ついに幕府討伐の軍勢が京都を発ち、東海道や東山道、それに北陸道の三方から江戸を目指して進んだのだ。東征大総督に栖川宮熾仁親王。参謀には西郷隆盛、広沢真臣、林玖十郎らがなり、総勢約五万の大軍だった。その主力は薩摩、長州、土佐の三藩が固め、実質上西郷が総指揮に当たった。まさに彼が、官軍の総大将となったのだ。

官軍と賊軍。日本はここに、あの関ヶ原の合戦以来の、天下を二つに分けた大戦争を始めることになるのか。しかし賊軍となる旧幕府の各藩の大名たちは、果たして自分たちは、天皇に弓引く謀叛人かと思う間もない事態の急変に、どう対応しようとしたのか。彼らの不安と混乱ぶりは、察して余りあるものがある。

しかし官軍は、意気盛んに進軍した。軍勢の先頭には錦の御旗（みはた）が翻っている。これぞ官軍の象徴である。その軍勢の先頭にあって西郷は何を思ったか。かつて島津義弘が関ヶ原の合戦において、石田三成の西軍に与し、戦いに敗れて敵中突破して薩摩に帰り着いたことがあった。その無念さは、あとあとまで薩摩にはある。しかし今、自分は義弘公になり変わって、その仇を討つために徳川の賊徒退治に江戸に向かっているのか。

それとも薩摩の小役人の子だった自分が、斉彬公に取り立てられたことにより、こうして晴れがましい舞台に立っているのか。そしてもう一つ、志が遂げられずに月照と共に海に飛び込み、奇蹟的に助けられたあげく、大島に島流しにあった自分の半生を振り返ってか。

西郷の胸の中には、幾つかの想いが交錯していた。しかしそんなことではない。自分はいま、日本の歴史を変えるほどの重大な場面に立って、その責任を全うするためにこうして江戸に向かっているのだという、私情を越えた思いを強く持って、心に決していたのである。それこそが西郷らしさだった。

江戸総攻撃の前夜になって、西郷を訪ねてきた男がある。それを江戸の薩摩屋敷で迎えた。幕臣の勝海舟である。じつは勝とは、四年前に大坂で会っている。当時の神戸で海軍操練所を開いていて、幕臣でありながら諸藩の浪士らと盛んに交き合っていた。彼は高い見識を持ち行動力もあり、そして人格も優れていると西郷は感心させられたのだ。

勝はその時、幕府の命運がすでに極まっていることを西郷に説いたが、今度は違う。もう待ったなしで、三月十五日の江戸総攻撃を中止してもらいたいと懇願したのだ。それにはいろいろな条件がある。西郷と勝は、二日間にわたりそれを協議し、各方面と連絡をとって、ついに江戸総攻撃は回避されたのだ。江戸は戦禍を免れたのだ。市民は、それを大いに感謝しなければならない。

その後も幕臣たちの抵抗は続いたが、このあと会津藩も降服し、翌明治二年五月には函館に立て籠もった榎本武揚の率いる軍勢も降服し、世にいう戊辰戦争は終わったのだ。そしてそれより先明治元年七月には江戸が東京となり、八月には明治天皇が即位し、名実ともに東京が日本の首都となって新しい日本が船出した。しかしそれで全部が片付いたわけではない。旧幕府を支えていた残骸が各所に残っている。それを是非とも取り除かなければならない。そのいちばん大きなものは何か。西郷は考えた。

日本の全土には、まだ藩というものがある。。そしてその藩には大名がいる。彼らはいまだに、殿さまぶって偉そうな顔をしている。またそこには城下町があって、町民や周りの百姓たちは、その殿さまの顔色を伺っては頭を低くしている。新生日本といっても、地方の庶民の生活は何も変わっていないのだ。制度そのものが変わっていない。地方はまだ、幕藩体制の許にあるのが現状である。

西郷だけではなく、その旧弊を打破しようとする者たちが企んだ。それが「廃藩置県」という方策だった。このことは前から考えられていて、いろいろ議論があったが容易に結論は出ない。そこで業を煮やした西郷らが、長州の木戸孝允（桂小五郎）と計って、いささか強引なやり方で「廃藩置県」を断行したのだ。

面喰らったのは殿さま連中だった。しかも小さな藩は統合されて一つの県に纏められてしまうというのだ。そして新しく県となった処には県令という、国が決めた長官が赴任することになる。少し荒治療だったが、これで国家の政治体制がだいぶ整ったことになる。幕末から明治にかけて、西郷は自分が考え志していたことが、ある程度達成されたものと得心がいった。

西郷は江戸が東京となっても、そこがあまり好きになれなかった。なんとなく居心地が悪かったのだ。丁髷(ちょんまげ)を斬り散切り(ざんぎり)頭になってからでも、西洋風の背広を着てネクタイなどというものを締める気にはなれなかった。薩摩から一緒に出てきた大久保などは、すぐに毛唐（欧米人）の真似をしてそんなものを身につけて粋(いき)がっているが、西郷にはそれが鼻持ちならなかったのだ。そこで口実を作っては薩摩に帰っていた。

時代は少しずつ変わっていく。しかしそれは、庶民を含めて日本人の誰もが順応できるわけでもない。西郷もその一人か。いや、それはない。彼は日本の政治や制度の変革を求めて立ち上がった張本人の一人だからそれはない筈だ。しかし世の中の多くの庶民の中には、そういう新しいものに従(つ)いてゆけない者もいる。自分が求めたわけでもないのに、周りの物ごとが勝手に先に動いていくのだ。

西郷にも一つ、目算違いのことがあった。それは明治五年十二月に、徴兵令が発布されて、日本の新しい軍隊は、国民というか平民というか、庶民一般の者から成る兵卒によって編成されると決まったのだ。だからそこではもう、今まで武士階級としてあった藩士が、特権をもってそこに参加することができなくなったのだ。

西郷はその際、この度の政変で特に貢献のあった薩摩の士族を、軍隊の指導者、すなわち将校に採用されるようにと希望したが、それが出来なくなったのだ。国家の軍隊として、等しく国民の間から選ばれる兵卒や将校に、偏向した人事は許されなかったのだ。その点では、このことを策定した指導者の態度には、毅然としたものがあった。

この頃になって、そうした士族の不満が高まってきた。士族だけではない。新国家の新しい政策や方針によって、庶民の中からも、そういう環境に入り込めない人びとが徐々に増え、それが怒りともつかない声をあげ始めたのだ。

廃藩置県のあと、岡山県赤坂郡で一揆が起こった。また明治五年十二月には、大分県でも同じような一揆が起こり、これは大きなもので、農民など二万八千人が処罰されている。そして翌年になって福岡県の嘉麻地方でも、旱魃により生活苦となった農民約三十万人が蜂起するという騒動が起きている。その声を、時の政治家はどう聞いたか。いや西郷は、どう聞いてそれに答えようとしたのか。

庶民や百姓たちの声ばかりではない。いまや彼の耳には、地方、とくに中国や九州の各地での士族たちの声が、不満や怒号となって聞こえてくるのだ。士族はもう武士ではない。国民徴兵によって、いっぺんに職を奪われたのだ。百姓のように土地を持っているわけでもない。また町民のように算盤(そろばん)をはじいて金を儲けることもできない。おまけに養っていく家族も大勢ときている。こういう彼らの窮状を、西郷はどう受けとめたか。

西郷はいまや陸軍大将となり、そのうえ元帥の位にある。軍人としては最高の地位だ。最後は武力によって江戸幕府を倒した彼の功績からしたら、国家としては当然の扱いである。しかも彼は参議にもなっている。この時の日本の政治機関の最高の地位に就いていたのだ。

ところが、西郷は参議として会議に出席するのが、あまり好きではなかった。この頃では、さきに米欧使節団として外国へ行ってきた連中の発言の機会が多く、しかも能弁だった。彼らを洋行派というのか、それとも開明派というのか。それに対して西郷や佐賀藩の江藤新平などを、保守派というのか。それを派閥というのなら、両派の意見は時により対立することもあったりである。そしてここに「征韓論」が持ちあがったのである。（この経緯は前章「江藤新平」の欄で紹介済み）

外国との交渉などということは、西郷には向いていない。彼には無理だった。しかしここで湧き上がった征韓論に対して、彼は率直に自分の考えを纏めることができた。まず自分が使節となって朝鮮に行き、そして相手に無理難題を押しつけて会議を破談にする。その場合自分は殺されるかもしれしない。しかしそれは覚悟の上だ。どちらにしても交渉は決裂する。そこで日本は朝鮮に出兵する、という具合である。

これはじつに乱暴な論法である。開明派の岩倉具視らの反対と、天皇の裁可という形をとって、西郷の朝鮮への派遣のことは中止になった。出兵の軍隊そのものが、九州を中心とした士族によって編成されるということが、西郷の一つの大きな企みだったが、これもあえなく消滅したのである。西郷の落胆は大きかった。

　ここまでくれば、東京には彼の居場所はなかった。その翌日、征韓論を唱えた西郷を始め板垣退助や江藤新平らが辞表を提出した。それが明治六年十月のことである。そしてその翌日、西郷は鹿児島に帰ったのだ。同じ月に大久保利通が内務卿に任じられた。二人はここに、決定的に袂を分かつことになったのだ。若き日、江戸幕府討伐の志を抱いて薩摩を発った二人だったが、その結果は、勝者と敗者という、余りにも厳しい対決のままに終わることになるのか。

　西郷はいずれ鹿児島に帰ることになっていたのだ。それは自分でも分かっていた。ところが自分に似た男がもう一人いたのだ、この九州に。それは佐賀の江藤新平だった。彼もまた西郷のあとに官を辞し、東京から故郷へ帰っていたのだ。それほど交き合いはなかったが、一本気で、難しい顔をしていた男を想い出す。

　鹿児島に帰ってみると、周りの風景はもとのままだった。彼は畠に出た。そして百姓のように鍬を持った。ところが生活が一変して長閑（のどか）な風景の中にいるようにも見えたが、西郷はここでも政治に関わるようになった。中央の政界とは関係はない。彼は鹿児島に帰ってきて、周りに若い人びとの姿が多いのを見ていささか驚いた。

　中には士族もいる。しかし彼が見たのはそれよりももっと若い、少年から青年になったばかりの若者だった。西郷は自分が若かった日の姿を、今さらのように想い描いてみた。あのときは、倒幕という熱い情熱があった。しかし今、彼らにそんな大きな野望はない。西郷はこのとき、彼らにはもっと別の将来に向かっての夢があるのだと思った。

その夢に向かっての勉強とか努力の方法はいくらでもある。ただ今は、その具体的な方策は分からない。そこで彼は考えた。そういう場を作る学校を建て、そこで彼らを勉強させるのだと。これは良い思いつきだった。西郷はここに、新しい情熱をかきたてたのだ。

そんなとき、一人の男が訪ねてきた。指宿の鰻温泉にいるときだった。一人ではなく、男の背後には五、六人の男たちがいた。彼らの衣服は汚れ、憔悴しきっている。それは佐賀の江藤新平とその一味だった。彼らはその佐賀で騒動を起こし、中央から来た政府軍に敗れ、その首謀者がここまで逃げてきたのだ。

西郷はその「佐賀の乱」のことを、少し前に聞いた。その江藤がいまここに来て、助けてほしいと言っているのだ。同じ、「征韓論」に破れた仲間だったが、彼はそれを断った。今さら政府に叛乱した者の味方になることはできなかったのだ。江藤は落胆して鹿児島を去っていった。彼はその後土佐まで行ってそこで捕らえられ、やがて佐賀に連れ戻され処刑されたのだ。

西郷の情熱は私学校創設へと向けられて、校舎は鹿児島市内に造られた。と同時に、このときは砲隊学校も開設したのだ。さらに翌明治八年には、私学校の生徒三人をフランスへ留学させている。これは西郷としては、異例のことだ。だいたいが西洋人嫌いの彼だったが、今では

私学校跡

国家ではなく鹿児島県の指導者となったからには、若者の将来を考えるならそうすることも必要なのだと、強く感じるようになっていた。

この間中央からは、彼の許に何人かの要人がやってきた。そして彼に、政府に戻ってくれというのである。その意図ははっきりしている。西郷が鹿児島から動かないということは、何かを企んでいるからではないかと、怖れてのことだ。たしかに外から見た場合、西郷の態度には、そう見えなくもない。そこにはどこか不穏さが感じられるのだ。

明治九年十月には熊本で、「神風連の乱」が起きている。このとき鎮台司令官や県令が殺され、県庁が襲撃されている。またその数日後には、福岡県で「秋月の乱」が起こっている。そしてその翌日には、長門の萩で前原一誠が率いる一隊が県庁を襲撃したのだ。この戦闘はしばらく続き、大阪鎮台兵が出兵して、海からは海軍の軍艦までが出動しての激戦となったのだ。いわゆる「萩の乱」である。

これは明らかに士族の乱だ。西郷にはそのことが痛いほど分かった。しかし今、彼はそれに共感することはない。「廃藩置県」により藩は無くなったのだ。藩は県となり、そこには中央から県令が着任している。西郷は事実上、下野したといっても、県政には協力しなければならない。

それに県令の大山綱良は、かつての西郷の部下だったのだ。二人は県のために共に働いた。

ところが明治十年一月二十九日に事件は勃発した。鹿児島には政府保管の火薬庫があった。そのとき、そこにある兵器や弾薬の一部を、陸軍が県庁に連絡することもなく、汽船で大阪に運んだのだ。鹿児島県内にある不穏な空気から、政府がそうさせたのだろう。しかしこれが鹿児島県人の気持ちを逆撫でした。士族や私学校の若者たちが、その火薬庫に押し入り掠奪を始めたのだ。弾薬や兵器は、彼らにとっても必要なものだった。ここにいよいよ「西南戦争」が始まったのだ。

そのとき西郷は鹿児島には居なかった。大隅半島の先にある根占（ねじめ）の猟場にいたのだ。報らせを受け急ぎ鹿児島に帰ったが、もはや彼らを説得することも鎮めることもできなかった。溜まりに溜まっていたものが、一気に爆発したのだ。彼は観念した。いかに滅びるかだ。

今まで新政府によって不当に扱われてきた、鹿児島のみならず九州の士族たちは、そのことを政府に尋問するという主旨で部隊は結成された。それを西郷が率いるというのである。しかし尋問するといっても、政府がそれに答えるわけがない。これは反乱のための口実にすぎなかった。そして部隊はまたたく間に大きくなっていった。宮崎の飫肥（おび）から延岡まで、また北へは人吉から熊本までと、続々と士族たちが集まってきた。こうなればもう、西郷が総指揮を執るよりほかなかった。

これに対して政府の対応も早かった。西郷らを薩摩の暴徒とし、それを討つ征伐軍を組織したのだ。すなわち有栖川宮熾仁親王を征討総督とし、陸軍中将山県有朋と海軍中将川村純義を征討参軍に任じて編成したのである。しかもそこに集められた兵卒は、八割以上が、あの徴兵制によって兵役についた者だというから、彼らは国軍の一兵士としてこの戦争に参加することになる。

一方の西郷軍は桐野利明、篠原国幹、村田新八らが約三万の部隊を率いた。桐野とは幕末の頃、京都あたりで活躍した中村半次郎のことである。ところが彼らの装備は、政府軍からみれば粗末なものだった。それでもその意気は盛んだった。日頃の不満をいっぺんに晴らすという彼らには、敵対する政府軍を、徹底的に叩きのめすという、激しい怒りの気持だけがあった。

西郷軍の主力は、先ず熊本に向かった。そこには鎮台があり、九州での政府軍の中心拠点だった。そしてそのときの司令長官は谷干城(たてき)だった。西郷軍は熊本城を取り囲んだ。そこをすぐに落とすことが出来ると思ったのか。しかし籠城した政府軍は頑強に抵抗した。食糧や弾薬は充分にある。そのうえ百姓たちからなる兵士たちは、谷司令長官の指揮の許によく耐えた。

その籠城戦が膠着状態になったとき、政府軍の主力が久留米方面から南下して、熊本に迫った。西郷軍はそれを、熊本の北、田原坂で迎え撃った。しかし十七日間にも及ぶ死闘の末、西郷軍は敗れて鹿児島に向けて退却した。ところが政府軍の別動隊が、海から八代に上陸してこれを遮ったため、西郷軍はこれを避け人吉の山中に入り、その後は宮崎方面に分散して逃げて行った。ここで戦争はほぼ決着したのだ。

西南戦争における城山の戦い

この間、西郷軍の留守中に鹿児島が政府軍によって占領された。そして県令の大山綱良が逮捕されたのだ。かねてから西郷一味を支援していたからである。このあと両軍の戦闘は、宮崎方面の山中でなおも続いたが、西郷軍は部隊の編成もままならず、しかも政府軍に多くを討たれて、隊員は減るばかりだった。

八月になってその残存部隊が鹿児島を襲い、街の一部を辛うじて取り返した。そして西郷を中心として城山に立て籠もった。総勢三百人ばかり。政府軍はそれを取り囲み総攻撃の火蓋を切った。いよいよ最後の場面にきた。戦いは狭い場所で銃弾が飛びかった。その最中西郷の股のつけ根に弾があたった。それでも彼はなおも屈せず、しばらくは別府晋介の肩につかまり歩いたが、やがて足を止め、「もうここらでよか」と言い腹に刀を当てたところで、別府が介錯した。西郷、五十一歳の生涯の終わりだった。

西郷の首は、従僕吉左衛門の手により埋められた。このとき桐野利明を始め、村田、別府ら幹部もことごとくが死んだ。時に明治十年（一八七七）九月二十四日のことである。「西南戦争」はここに終わったのだ。

この戦争では西郷軍約四万のうち死傷者は二万人を数え、また政府軍も一万六千人の死傷者を出した。まさに内戦というほどの規模だったのだ。さらに政府の戦後処理の一つとして、そこに関わった西郷派の人物二千七百人以上が処刑された。その中には県令大山綱良の名もある。大久保が主導する政府の、厳しい態度がうかがわれた結末だった。


かつて同じ志をもって薩摩から飛び立った西郷隆盛と大久保利通。その二人の分かれ道となったのは、いったいどこだっただろう。端的にいって大久保は、明治四年に米欧使節団の一員として外国へ渡り、そこの政治や文物の多くを見てきたこと。そしてその中でも彼が、鉄血宰相と言われたプロシア（ドイツ）のビスマルクに会ったことが、その後の彼の政治姿勢に大きな影響を与えていること。そして時により彼の冷徹な政治手法が、それを物語っているのだ。

ところが一方の西郷は、そういう使節団には加わったことはない。ただそれを誘われたことはある。従兄弟の大山巌が西欧を訪れようとしたとき、西郷に同行を勧めたが、彼はそれを断っている。また政府としても、西郷に洋行を頼むなどということはしなかった。彼の外国人嫌いという性格を見越してのことだろう。大久保との違いはそこにある。

西郷は外国へ行くどころか、「征韓論」以降は、何かにつけて鹿児島に帰ってしまう。西郷はもはや、中央での自分の政治生命は終わったと思ったのか。そして鹿児島に帰って何をしようかと考えたのか。中央政府に謀叛を起こすことなどは、毛頭思ったこともない。ただ士族の困窮を憂いたことはある。しかしあのとき西郷がやりたかったことは、それよりも若者の教育だった。そのために彼は私学校を創ったのだ。

しかしそれさえも彼の政治姿勢は内向きだったのか。そして大久保のそれは外向きだったのか。外向きというよりも、彼は日本の政治をたえず大局的に見ていたといえる。彼をそのように卓越した考えの人物に押し上げたものは——。やはりあの外遊にあると思う。そしてその態度や姿勢を決定づけたのは、あのビスマルクにあるといえるかも。これは決してこじつけではない。

西郷らを葬ったいわゆる「南州墓地」は、鹿児島市の北部、市街地から少し外れた処にある。私はそこを訪れる前に、彼が最後の五日間を過ごしたという洞窟を見にいった。地元のタクシーの運転手に、その辺りを案内してもらったのだ。今から十五年ほど前のことで、当時は中へ入ることができた。

西郷が最後の五日間を過ごした洞窟

洞窟の入口は、五メートルぐらいの間をおいて二つある。それが奥の方で繋がっているのだ。大きな寺院などにある体内潜りのように、片方から入って、もう一つの片方へ出られるようになっている。間口は二メートル以上、高さは大人でも頭はつかえない。そして奥行きは六、七メートルほどで、その中央附近に立つと真っ暗で、外の明かりは朧ろにも見えない。通路の途中　に角があるのか。

死を前にして西郷は何を思ったか。凡人の私には想像もつかない。ただ想うに、無念さはあったと思う。自分がやり残したこと。自分の真意が伝えられなかったこと。そして今度のことが自分の本意でなく勃発して、こんな結末になってしまったことなど、彼の脳裏に去来するものがめまぐるしく駈けめぐった。そして最後は妻や子供たちのことも。

洞窟を出たあとは坂道を下って、私学校跡や西郷の終焉の地がこの辺りだという説明を聞いて、南州墓地に辿りつく。墓地は広く、周りにそれほど高くない木立があるほかは、明るく、墓石が無数に立っているという感じだ。その約半分の土地が一メートルほどの高台になっていて、西郷の墓は中央に大きく構えている。その両脇は桐野利明と別府晋介の墓だ。

南州墓地の全景と西郷隆盛の墓

戦いが終わったあと県令の岩村通俊が、西郷以下四十人の遺体を浄光寺墓地に仮埋葬し、その後明治十二年に二百余人が、さらに数年にわたって、九州各地の戦跡から集められた一千八百人分の遺骨が改葬されたのだという。現在は墓碑が七四九基、二〇二三人の将士が、西郷を中心として葬られているのだ。

そこからは桜島が望まれる。桜島は鹿児島のどこからでも眺められる。その雄大な姿を見て、鹿児島県人は何を思うか。その桜島もまた、鹿児島で起こった痛ましい事件を、始めから終わりまで見つめていたのだ。

九　平民宰相 原敬の墓

世に、原敬のことを平民宰相というが、これはどういう意味か。今の若い人に分かるだろうか。そこで少し説明しておきたい。まず宰相というのは中国からきた言葉で、天子を輔佐して大政を總理する官という意味である。別名丞相ともいい、ひていは日本の総理大臣のことを宰相ともいったのだ。

次に平民というのはどういう意味か。これはもう高校生なら、歴史の時間でみんな知っている筈である。わが国の戸籍制度は古く、現在平安時代のものとされる戸籍が残っている。江戸時代には宗門人別帳などがあって、為政者が領内の住民の動きを把握していた。それが明治五年になって、新政府が今までのそうした戸籍を編製して完成させたのが「壬申戸籍」なのだ。壬申とは、その年の干支が壬申だったから、そう名付けられた。

ところが今までの戸籍が身分的なものであったのに対して、壬申戸籍は地域別方式をとったのであるが、それでも華族や士族、それに僧侶や平民という差別性が残ったのである。これが問題となって時々の政府がその都度適切に対応し、現在はその戸籍の閲覧は出来ないことになっている。ただ明治や大正生まれの人間にとって、平民という呼称は、日常的に時として使われていた。一般的に日本人は、殆どが平民なのだ。

原敬は、安政三年（一八五六）二月に、父原直治、母リツの子として生まれた。所は盛岡城外本宮村。幼名を健次郎という。祖父の直記は盛岡藩の重役で、立派な武士だ。父の直治は敬が九歳のときに亡くなっているが、やはり武士である。武士は戸籍上は士族である。平民ではない。ところが敬は、兄が家督を継いだことにより分家したので、そこで平民になったのだ。それがのちに、平民宰相と呼ばれた所以（ゆえん）である。

敬が生まれた頃は、幕末の激動期だった。彼が四歳のときに、井伊直弼が桜田門外で水戸藩士らに殺害されている。ついで慶応四年（明治元年）に戊辰戦争が始まった。盛岡藩は朝敵となり、その後版籍奉還が成ったあとも賊軍という汚名により、旧藩士たちの困窮状態は長く続くことになる。原一族もそれは同じだった。

しかしもっと悪い事は、日本がこれから新時代に向かっていくとき、東北地方の有為な青年が、中央へ出て政治家や軍人や商人を志しても、東北人なるがゆえにその前途が閉ざされてしまうことである。それはこれから何年も、何十年にもわたって続いていくことになるのだ。

夫亡きあと、女手一つで子供たちを育てた母の労苦は大変なものがあった。その母が子供たちを集めて言った。「母（かあ）さんはお前たちを育てるのに一生懸命やってきたが、父親がいないからといって、お前たちが世間から笑われることになっては心苦しい。だから、どうか皆（みん）なは偉い人間なってくれ」と言ったという。小さい敬は、それを真剣な眼差しで聞いたものだ。明治四年の十五歳のときに、彼は名を敬と改めて上京した。新しく東京と名を変えた日本の首都に、彼は憧れた。一生懸命に勉強し知識を広め、母親が言うように偉い人になるためには、是非とも東京へ行かなければならない。そういう一途な思いで彼は上京したのだ。

そこで彼は何を思ってか、麹町にある天主教教会神学校に入ったのだ。学校にはフランス人宣教師のマリンという人物がいた。原はマリンが説教する殉教者の話に感動し、自分も将来そういう人間のようになりたいと思い洗礼を受けるまでになったのだ。彼は若くして、しかしいささか性急にキリスト教徒になってしまったのだ。それがその後の彼の人生に、どんな影響を与えることになるのか。

多感な青年原は、その後マリンの友人エブラルに従って新潟など地方伝道の道を歩み、その間にフランス語を習得した。彼は思わぬものを身につけたのだ。そしてこれが彼の転機となった。地方から東京へ出て、すぐにフランス語が話せるようになるなど、普通の青年がそう簡単にできることではない。彼はやはり、志をもって努力した人物だ。

そして原のつぎの目標は、外交官か軍人になることだった。司法省法学校というのに受験して合格した。目標がいくら大きくても、頭が良くなければならない。千人中二位の成績だというから、彼の頭はかなり良い。ところがここで、或る事件に巻き込まれて学校を退学させられてしまったのだ。やむをえず今度は、新聞記者を目指した。だいたいこの辺りから、彼の進路が見えてきた。

新聞記者といっても、今の新聞記者とはだいぶ違う。この頃の新聞記者は、時の政権批判に情熱を傾けている。そして時の政権とは、藩閥政権である。そしてまた藩閥とは薩長そのものである。その中でも長州閥が政界に跋扈していた。この辺りの様相は、現代の日本の状況によく似ている。原はそれを承知してか、郵便報知新聞に就職した。時に彼は二十三歳。ようやく分別がつき始めた頃か。

ところが原の新聞記者生活は長くは続かなかった。報知新聞の執筆陣に犬養毅や尾崎行雄らが加わったことにより、彼は不運をかこつようになり、そこを飛び出してしまったのだ。そしてこともあろうに、当時御用政党の機関紙だった大東日報に入ったのだ。なんという変り身の早さだろう。いったい何を考えてのことか。

そのへんのことを彼は語らない。しかし思うに、彼の心の内には自分はいつか政治家になって、小さくは南部盛岡藩の汚名を濯ぎ、大きくは日本の政治を、真に庶民のため国民のために行いたいという、強い気持があったのではないだろうか。新聞記者になったのは、その始めの手段に過ぎなかったのだ。そして彼は、その後間もなく外務省に入ったのだ。ここからが、彼の政治家としても第一歩になる。

外務省に入った翌年の明治十六年に、二十七歳の原は、中国の天津に領事として赴くことになった。フランス語が役に立ったのか。そしてこの頃中井貞子と結婚した。しかしこの結婚はのちに破れ、彼は新橋芸者の浅子と再婚するが、この女性は賢夫人で、終生原の面倒を見ることになる。

天津では清朝の実力者李鴻章にも会っている原だったが、その二年後には、今度はパリの公使館へ転任となった。当時のヨーロッパは社会不安が大きく、労働者によるストライキなど騒擾事件が頻繁に起きていた。そしてそれを鎮圧するのに、共和国よりも君主国の官憲のほうが素早く対応していることを、原は痛感しているのだ。彼の後年の政治姿勢がそこに現われることになるのか。

パリには三年余りいた。清国と違って、ここではヨーロッパ諸国の政治事情を多く識ることができた。明治の始めと比べて、この頃では日本の若者が多く外国へ渡って、いろいろな分野で勉強して、帰国しては発展途上にある日本のために尽したものだ。原にとっても、好い時期に生まれてきたのだ。

パリ在勤時の原敬

明治二十一年に原に対して帰朝命令があり、翌年四月に彼は日本に帰ってきた。ところが当時の外相井上馨が辞任して後任に大隈重信がなったため、原はそれを嫌って、井上のあとを追って農商務省に入ったのだ。勝手気儘な彼の行動だった。彼はそこで、農商務省参事官に任じられている。

　この年、すなわち明治二十二年二月に、日本に初めての憲法が発布され、いよいよ日本は近代国家としての体制を整えてきた。ただこの頃は、憲法発布などの大仕事に加えて、わが国がアメリカやメキシコ、それにヨーロッパ諸国の仲間入りをするにしたがって、外交の分野でもいろいろな問題が起き、その対応に忙しかったのだ。そしてもっと浅ましいのは、この頃、自分の権力欲を満たそうとする政治家どもが、権謀術数によって互いに相手を貶(おとし)めようとする風潮が、いっそう顕著になってきたことだ。

　ちょうどこの頃は、幕末から明治の始めにかけて、倒幕に熱を挙げた志士や壮士たちが、やっと分別ありげに政治家として登場してきた年頃でもある。そこでは長州や薩摩や土佐の人間が大いに幅を利かせ、わがもの顔で政界をのし歩いていたのだ。煩わしいが、その連中の名をあげておく。

　すなわち、伊藤博文、井上馨、山縣有朋、松方正義、大山巌、西郷従道、森有礼、谷干城らで、谷以外は薩長の連中で、これが初代伊藤内閣の主な顔ぶれである。そのほかには大隈重信、黒田清隆らが時により不満をぶちまけ、また時により罵(ののし)り、そして激昂したのだ。口では正論を吐いても、裏では商社と結託して銭(ぜに)勘定に忙しかった人物もいる。原などは、まだ出る幕はなかったのだ。大物の間をうろつき回って、その顔色をうかがっていただけなのか。

　またこの頃は、テロリストが横行した時代でもあった。憲法発布のその日、宮中では華やかな式典が行われていた。ところがその最中、文部大臣の森有礼が官邸内において、刺客によって殺されたのだ。森はかねてから欧米文化を讃美していた。犯人は国粋主義者だったという。

ついでその年の十月、今度は外相の大隈重信が、外務省の門を出ようとしたとき、爆弾を投げつけられ重傷を負った事件が発生したのだ。彼は一命をとりとめたが、右脚の傷は、切断手術をするほどで、このときの首相は黒田清隆で内閣は総辞職に追い込まれた。犯人は九州の玄洋社の社員で、国粋主義者だった。その原因は、このときの内閣の外交問題にあった。

この頃原はどうしていたか。役所勤めをしていたが、その上司の進退により、彼はそれに振り回されるようにしてよく動いた。まるで右往左往しているようだ。明治二十八年には外務次官になったものの、翌年にはもう辞めている。そして今度は大阪毎日新聞に入社する。もちろんこれも彼の政治活動の一環としての動きであるが、それだけ活動的と言うべきか。

新聞社入社に当たっては、彼はいろいろと条件を出している。在任期間は三年とし、給料はいくらいくらだと。しかしそれもこれも、腰を落ちつけて政治批判の論説を書きたいのと、社の運営というか、その建て直しを計りたいという彼の情熱からきているものからだった。そしていよいよ、その三年の任期が過ぎたとき、彼は役所から離れた政治活動に入るのである。

明治三十三年八月、原は伊藤博文の呼び出しを受け彼に会った。そこで新しく政治団体を作るからそれに参画してほしい。そのうえで、団体の事務方を担当してほしいと言われたのだ。原はそれを諒承した。党の名を政友会という。

原は若い頃、藩閥政治打倒に情熱を燃やしてきた男だった。それは今でも変わらない。それがどうして、長州の伊藤と近づきになったのか。その理由はいくつかある。一つは彼が新聞人として、日本の政治や政界の実態をよく見てきたこと。そして二つ目は、彼が役所に入って西欧に公使として赴任したとき、その国々の社会や政治状況を身をもって識ったこと。この二つが大きな理由である。

伊藤は長州の人間だが、原はほかの長州人とは別だと思っている。それに伊藤の政治のやり方は合理的で実行力がある。また今までの日本の政治家にはないタイプだとも思っている。彼が西欧で接したりした政治家に近いものを、伊藤に見たのである。それはドイツ仕込みか。とにかく原は、今まである憲政党よりも新党の政友会を選び、ここに本格的に政治に頭を突っ込むことになったのだ。しかしこの頃の政界は混沌としていて、常人では理解できないところがあった。原は四十四歳になっていた。男盛りである。

その後原は、めまぐるしく動く。混沌とし、どろどろとした政界の一人になったのか。その一方でこの時、日本が外に目を向けると、そこではもっと大きなどろどろとしたものが渦を巻いていたのだ。そのためには、日本は急いで国力を身につけなければならなかった。国力とは――。それは新しく産業を起こすことのほかに、外国に向かっては軍事力を備えなければならない。これは大事なことだった。

これよりさき明治十六年以降、日本はフランスなどから大型の甲鉄船を買い入れ、海軍力の増強を計った。そしてその後に起こった「日清戦争」では、日本海軍は「黄海の海戦」で清国の北洋艦隊に大きな損害を与え、大勝したのである。この報らせは西欧各国にも伝わった。そして彼らは驚いた。三十年ほど前、日本は国家という体裁もなく、自分たちから見れば、東洋の島国という程度にしかみていなかった。ところが大国清国の海軍を自力によって打ち破った現実に、彼らは目を剥いて驚いたのだ。そうなれば日本に対する態度も変わってくる。

そこで動いたのがイギリスだった。当時日本を取り巻く外国勢力の動きの中では、ロシアの脅威がいちばん大きかった。西欧諸国が末期的状態にある清国に対して、兵力を出したり、外交的に威したりして、その国を食い物にしようとしているとき、北の隣国ロシアは虎視たんたんとそこを狙っていたのだ。そして日本もイギリスも、不安な眼差しでそれを注視していたのである。

このとき日本政府内では、どちらを日本の味方に引き込むかという思惑と議論があり、結果的にはイギリスと手を組む事になった。このことではむしろ、イギリス側の働きがけが強かったということもある。

しかしその日英同盟も、双方にとってどれだけの効果があったのか。そして次に起こったのが日露戦争だった。これは満洲を舞台としての戦争だったが、当時の日本人には、もし日本が戦争に敗れたなら、ロシア軍が日本本土に攻めてくるという怖れはなかったのか。この時代の戦争といっても地域は限定的で、互いの領土を奪い合うということはなかったのか。もちろんそれはあった。かつてのモンゴル帝国のように。しかしともかくも、日本は戦争に勝ったのだ。

大国ロシアを破って、自他ともに認める強大国日本にとって、その結果は満足のいくものになったか。しかしそれは違う。大違いだった。アメリカのルーズベルト大統領を巻き込んでの日露の講和会議は、揉みに揉めて収拾がつかなかった。日本側もロシア側も強行だったからだ。日本側は戦勝気分に酔った国民の声が、熱狂的に多額の賠償を要求した。そして一方のロシア側は、皇帝がなかなか首を縦に振らなかったからだ。しかしともかくも講話は成立したのだ。

その後、諸外国の日本に向ける目は厳しいものになっていった。これに対して日本側の外交政策も、神経質で注意深いものになっていく。ところがそうした国際情勢と外交問題とは別に、この頃国内においては、或る大きな現象が見られるようになった。それは国民一般の、政治への目覚めともいうべき、言論の自由と結社の自由への要求である。その運動はまたたく間に、燎原の火のように拡がっていったのだ。そしてここに出現するのが社会主義者である。

原はこのときどうしていたか。昔の彼だったら、その社会主義運動に真っ先に飛びこんでいっただろう。しかし今は違う。今は政治家である。ともすればそれを取り締まる側に立って、彼らを見下ろしている大物の政治家になってしまっていたのだ。

明治三十九年一月に、西園寺内閣が発足した。わが国の初代の内閣は、明治十八年に伊藤博文によるのを始めとし、そのあと黒田清隆や大隈重信、山縣有朋、桂太郎の内閣が断続的に続いた。そして西園寺公望による内閣はこれで二度目である。原はその内閣に、内務大臣として参画したのだ。西園寺が政友会総裁としてなっていたからだ。

この内閣は、内外ともに非常に困難な状況の中で船出した。それに政界には、山縣派の影響が強く残っていたときである。しかし原は果敢に行動した。そしてまず始めに手をつけたのが警視庁の改革である。それまで山縣派が多く占めていた幹部を一掃し、警視庁そのものを名実ともに、内務省の直属としたのである。そのほかには地方官、つまり県知事などの移動を適切に行ったのだ。

またこのとき、日本社会党が結成されたり、幸徳秋水らの運動が激しくなるなど、民衆の政治への参加意識が高まる中で、内務省の対応も難しい時期になっていた。しかし西園寺内閣は、「足尾銅山事件」など、労働争議の多発と、株式市場における株価暴落などにより、西園寺は内閣を放り出してしまったのだ。彼には公家上りの気弱さがあった。

原は二年余りで内務大臣を辞任した。政界も彼も慌しかった。そこで彼は、アメリカやヨーロッパへ外遊することになった。これは良い機会だった。彼は前にもパリに居たことはあるが、今度のはまた別の見方でその国々の政治や社会を見ることができる。外遊中原は、特にアメリカの国情に強く感じるものがあった。日本にとって将来、この国が恐るべき国家になることを予感したのだ。

明治四十二年に、伊藤博文が満州のハルピンで、韓国人の安重根（あんじゅうこん）に暗殺された。韓国統監としてその国を支配してきた彼に対する報復だった。これには原も衝撃を受けた。彼は何を考えたか。政治家としての自分の行く末に、予感するものがあっただろうか。そしてその後の日本には、大きなことが起こりそうな気がすると。

明治四十三年五月には、いわゆる「大逆事件」が発生し、その判決が翌年一月に下され。幸徳秋水ら十二名が処刑された。これは首謀者数人以外は、幸徳を含めて無実だとする説が、今に至っても多くある事件であった。そしてそれよりももっと大きな政治的事件は四十三年八月の「韓国併合」である。これは国際的な事件というべきか。

明治四十四年に第二次西園寺内閣が発足すると、原は内務大臣兼鉄道院総裁として政界に復帰した。しかしそれも束の間で、翌年には西園寺内閣は倒れてしまったのだ。ところがそれより少し前、すなわち明治四十五年七月二十九日、明治天皇が崩御したのだ。日本の歴史上特筆すべきこの時代、天皇として君臨し在位した期間は長かったが、その晩年は労苦により、老衰が甚だしかったという。

明けて大正三年、原はついに政友会総裁となって改めて政界に打って出た。このときは大隈内閣で、翌大正四年三月の第十二回総選挙では同志会が大勝した。しかし大正六年四月の総選挙では政友会が大勝して、いよいよ原内閣の実現性が高くなってきた。だがこのときは寺内正毅の内閣で、依然として薩長による藩閥政治が続いていたのである。

この時代は、日本も世界も争乱時代にあった。まず一九一四年に始まった第一次世界大戦はいまだ終わらず、日本は陸軍も海軍も対独戦争を行っていた。日本の軍艦が遠く地中海に派遣されたり、陸軍は中国の青島のドイツ領を占領している。さらにロシア領のシベリアにまで兵を出しているのだ。また世界を驚かせたのは、ロシアで革命が起きロマノフ王朝が倒れ、ソビエト政権が樹立されたことである。大国ロシアの地に、王国でも共和国でもない、新しい政権が発足したのだ。

一方日本国内でも、民衆の不満が爆発した。中でも大正七年七月に、富山県で起こった米騒動は各地に波及し、それが結局寺内内閣の命取りとなった。しかしその際、次の内閣を誰が組閣するかという段になって、これが揉めたのだ。そこで山縣らが工作して、西園寺に決めたところ彼が辞退した。そこで原にお鉢が回ってきたというわけだ。

原はこのとき盛岡にいたが、すぐには動かず慎重に行動した。米騒動などによって、相手を追い落としたという態度をとりたくなかったのだ。その機会は向こうからやってくるという雰囲気の中で、ついに組閣を決意したのである。ここに一八九八年の隈板（わいはん）内閣（大隈と板垣）以来の政党内閣が誕生することになる。時に大正七年（一九一八）九月二十九日のことである。原敬はすでに六十二歳。

このときの原の胸中はどんなだったろう。賊徒として南部藩に生まれて以来の、自分の一生を振り返っただろうか。そんな暇（いとま）はなかったかもしれない。早くも組閣のことで頭がいっぱいだった。それでも人間として、肉親を思う気持はあったはずだ。年若いときに結婚した貞子とは、四十九のときに離縁した。そして新橋芸者の浅子を入籍させたのは、彼が五十二歳のときだ。彼女と同棲していたのはそれ以前の長い間だったが、彼女はそれを遠慮していたのだ。賢夫人だった。そしてもう一つは、母リツが亡くなったのが大正三年のことである。九十一歳の高齢だった。幼ない原ら兄弟を前にして、貧乏でも偉い人になれと諭した彼女は、今の原の姿を見て満足しただろう。

原内閣の主な閣僚の名を挙げてみる。まず外務大臣に内田康哉（こうさい）を始めとし、内務に床波竹二郎（とこなみ）、大蔵に高橋是清、陸軍に田中義一、海軍大臣には加藤友三郎を配した。外務と軍部の三大臣の以外は、すべて政友会員にしたから、本格的な政党内閣が誕生したわけである。原の藩閥政治打破の夢が、ようやく叶ったのだ。

内閣発足にあたり、原は自らの所信をこう述べている。第一に教育の改革、第二に交通機関の整備、第三に国防の充実、第四に物価問題の自然放任と。これは主に内政問題であるが、外交問題では当時日本は対外的に微妙な立場にあって、それをあえて表明することの危うさを感じていたのかもしれない。

日露戦争の勝利によって一等国となった日本は、国内では軍部の擡頭が次第に勢いを増してきた。そして対外的にも、日本の軍事力やその政策的な行動を、徐々に警戒される立場になってきたのである。それゆえ日本国を代表する政治家、中でも総理大臣の発言とその行動には、十分慎重にならざるをえなかったのだ。原はそれを痛切に感じていた。

原はこのあと、着実にその施策を実行していった。教育改革の面では、私立の慶応や早稲田に大学設立の認可をし、官公立と同等の権限を与えたのだ。また国民の選挙権をさらに拡げたり、大選挙区制を小選挙区制に改めた。そして関東州（満州）など植民地の長官には軍人がなっていたが、これを軍人以外の、たとえば外交官など文官にすることを決めたのだ。これは軍部の抵抗もあったが、山縣を説得のうえこうなった。

原敬総理大臣

また外交に関しては、折からパリで開かれていた平和会議で、日本は「人権平等案」なるものを提出した。しかしこれは欧米各国が反対して実現しなかった。だがそこには原の、思想信条が現われていると思う。彼が若き日に、キリスト教徒として受洗したときの気持が反映されていたのかもしれない。

ところがこの外交問題では、日本は原内閣以前に、諸外国の軍隊とともに、シベリアに出兵し、この頃になってその撤退についていろいろ協議がなされていたのだ。ロシア革命を機に、西欧諸国がその思想の世界的な蔓延を怖れて出兵したが、それは所詮内政干渉行為だったのだ。そこで各国の軍隊がシベリアから撤退する最中(さなか)に起ったのが「尼港事件」と言われる惨劇だった。樺太（サハリン）の対岸にあるニコライエフスクで、日本軍と日本人民留民七百人が、ロシアのパルチザンによって虐殺されたのだ。

このシベリア撤兵問題では、原が断固とした態度をとりそう決めたのだが、それには軍部の抵抗もあった。陸軍大臣すらそれを処しきれなかったのだ。またこの頃国内では労働運動が盛んになり、大正九年五月には、わが国最初のメーデーが開催されるに及んだ。それを機に労働者を中心とした政治団体や、これとは反対に右翼の活動家が集った団体も結成されて、この頃日本じゅうが騒然とした状態の中にあったのだ。

原には厳しい政治姿勢が求められた。彼はかつてパリ駐在中に、共和国よりも、君主国の官憲の方が素早く大衆に対応していることを識った。それは事実である。この頃になって原の政治姿勢が高圧的だと指摘されはじめ、平民宰相らしくないと論評するものがある。しかし原は思う。政治は労働者だけのものではない。また軍人のためにあるものではなく、また商人や農民だけのものではないのだ。政治はまさに、日本人全体の上にあるものだと。それだけに難しい。

この頃、彼の周辺には不穏な雰囲気が漂い始めていた。右か左か。そして朝鮮独立運動の指導者か。また議会内には反対勢力もある。しかし原は、身辺の護衛を断わった。それが政治家の運命だと達観したわけではないが、護衛などつけても、やられる時にはやられるという気持はあった。そしてついに、運命の日がやってきたのだ。

大正十年十一月四日、原は京都で政友会の大会に出席するために東京駅に向かった。夜の七時過ぎ。駅長室でひと休みし改札口にいこうとしたとき、飛び出してきた若者の短刀にひと突きされた。ほとんど即死だった。それが原敬、六十五歳の生涯の終りだった。犯人は中岡艮一という十九歳の、大塚駅の駅員だった。背後に黒幕がいたのか、それは分からない。

原の死後間もなく浅子夫人が駆けつけ、夫の遺骸に近づき傷口をアルコールで洗い、シャツやチヨッキの身をととのえ、もはや首相ではないと言って、原の遺骸を自宅に運ばせたという。なんと立派な態度だろう。普通の女人にはできることではない。

東京駅の原敬刺殺現場

原の葬儀は同じ十一月に、故郷盛岡で、庶民が見守る中で盛大に行われた。その墓石には、ただ「原敬墓」とだけある。

私は盛岡を二回訪れ、そして原敬のお墓に二回詣でてる。秋の中頃の、東北にしてはちょうどよい季節だった。

盛岡は見るものが多い。前九年の役の古戦場や安倍館跡の壕など、古い時代のもので確かなものかどうかは分からないが、それでも十分に想像力をかき立てられる。それにここには、原が「そばは盛岡のがいちばん旨い」と言ったように、そのそばはたしかに旨いのだ。私は二

原敬の墓のある盛岡市の大慈寺

日間のうち三回もそのそばを食べた。

原の葬られている大慈寺には、その日の最後の訪問地と心に決めていた。下町の静かな場所にある。山寺でもなく、木々が暗く繁っているという寺でもない。山門は通りから少しだけ上がった処にあって、周りには塀が巡らしてある。

門を入ると、正面にそれほど大きくはない本堂がある。境内もさほど広くはなく、しかし静かで心が落ちつく。原の墓はその左手を行った奥まった処にあった。私はその前に忍び足で進んだ。

墓は角石型というのか、やや大き目な何の飾りもない墓石である。いかにも原らしい、彼の身体を現わしているような確固としたものだ。そして表には、ただ「原敬墓」とだけある。これは彼の遺書によりそうなったのだ。仏教的な戒名もなく、また世俗的な位階勲等もないのだ。それが原の気持だ。しかしそこには、かえって実在感があるから不思議である。原がまだ現世に実在して、言葉を発しているような錯覚さえ覚えるのである。

私は一礼して、しばし瞑目してその場を去った。

原敬の墓

　そのあと、彼の横にある別の参道へ私は向かった。とそこには、原の墓石と全く同じ墓がある。見るとそれは妻浅子の墓で、そこにも「原浅子墓」とだけある。新橋芸者から宰相夫人となった、原の浅子への思いやりが感じられて、頬笑ましくもしみじみとした雰囲気があった。

　ちょうどこの日は盛岡の秋まつりで、近くの盛岡八幡宮から出た、大太鼓や子供たちの小太鼓を乗せた山車が、勇壮な南部木遣りの掛け声とともに町じゅうを練り歩くのである。耳をすますとその太鼓の音が、遠くの方で鳴っているのが聞こえて、原も子供のときには、その列の中にあったのかと想像する。祭は三百年も続いているという。

〔ヨーロッパの部〕

一　カタコンベ

今から三十二、三年前というから、昭和五十二、三年頃の冬、私は初めてのヨーロッパ旅行をした。その時はローマからロンドンまでの、列車を利用してのパック・ツアーだった。その最初の夜、私はホテルの窓から雨に濡れるローマの街並みを眺めながら、やっと夢が叶った思いに、いつまでもそこに立ちつくしていたのを想い出す。

翌日はバスで、南のポンペイに向かった。総勢で十二、三人のグループだから、それほど煩わしくはない。一人だけ、前にもヨーロッパへ来たことがあるという男性がいたが、あとは初心者だった。その行きか帰りだったか忘れたが、バスは前方の広野に、延々と伸びる並木を見た。そしてその松並木を斜めに交差して通り過ぎたとき、ガイドが説明した。「あれがアッピア街道です」と。一瞬のことだった。

その一瞬に、私は思いを巡らした。アッピア街道――。それは古代ローマの時代に、この世に最強と言われたローマ軍団が、戦地に向かうために、太鼓を叩きラッパを吹きながら行進した道だった。道は石で舗装され、当時の戦車にも耐えられるほどになっている。それはローマ

ローマ・アッピア街道の笠松並木（1970 年頃著者撮影）

から南に、ナポリの方に続く「太陽ロード」だった。私には湧き上がってくる感慨があった。

ところがバスは、その先アッピア街道に乗ってしばらく走ったが、突然何の予告もなしに止まったのだ。周りには何もない。そこで一同はバスから降りた。するとその前に小さな建物が一軒だけある。どういう店かも分からない。建物の外に、マリア像らしき白い石の立像が立っている。

私たちはガイドが言うがままに建物の中に入る。正面に狭いカウンターがあり、十字架や絵はがきが並べてあり、その向こう側に若い女性が立っている。私たちはこんな処で買い物をするのかと思っていたところ、ガイドに促されてその場を離れた。そして向かった先には、どこへ行くのか小さな入口があった。そこでガイドが言うには、「ここから地下にある墓地に行きます」と案内された。

このとき、カタコンベという言葉を始めて聞いた。

イエス・キリストの誕生以来、キリスト教布教の百年か二百年頃までは、為政者による迫害が厳しく、そのため信者たちは、それを逃れるために、地下に墓地を造り礼拝を続けたというのである。地下に入って間もなく、ガイドはそう説明した。

地下一階ぐらいまでは、ぼんやりとした明かりがあったと思う。通りは幅一メートルか一・五メートル。高さは二メートルはあり、頭がつかえることはない。壁や天井は、人の力で掘ったり削ったりしたのだろう。漆くいで固めたところがあってもそれは始めだけで、下へ行くほど土がむき出しである。

途中で階段があったのかスロープだけだったのか覚えていないが、ここが地下三層目辺りだと説明された場所は、裸電球とガイドが持つ懐中電灯の明かりだけで、いかにも心細い。道は曲がりくねっている。もしここで明かりが消えたら出口も分からず、みんなミイラになってしまうだろう。そういう恐怖心はあった。

ガイドが途中で説明した。ローマに限らず、ヨーロッパの都市では、墓地は市外地に造った。ローマの場合も城壁の外の、このアッピア街道沿いに造られたのだ。そしてなぜ地下なのかというと、当時は為政者による迫害もあったが、その頃ローマの女性の産む赤ん坊は私生児が多く、それをここに埋めたのだという。

そう言われてよく見ると、壁の両側には、横穴というほどではない窪みがあって、そこにちょうど赤児か幼児を入れた棺が置けるぐらいの、空間があるのが認められる。現に或る場所

ローマのサンカリストのカタコンベ入口

では、かなり新しい木製の棺が置いてあるのを私は見たのだ。なんとも名状しがたい気分に襲われた。それとは別に、こういう場所には、聖人の棺も置かれていたと、ガイドは説明した。

やがて私たちは、上の階へと昇っていった。といきなり明るい空間に出たのだ。そこは地下一階の部分で、かなり広い。礼拝堂とも呼べる場所だった。一方の壁の上部からは、地上の明かりが差し込んでいるようだった。その部屋は前面が漆くいで固められており、祭壇とおぼしき中央の上部には十字架が掛けられており、その周りには何かの飾りがあった。カタコンベ巡りはここで終り、私たちはやっと外に出て晴れやかな気分に浸った。

このアッピア街道沿いのカタコンベについては、後日というか後年になって、私はいろいろなことを識った。まずアッピア街道については、紀元前四世紀から紀元前三世紀までの約百年間に、ローマから南イタリア、つまり長靴型のイタリア半島の踵(かかと)の部分にある、プルンディシウムまで通じるように造られたもので、全長五四〇キロあるという。そこからバルカン半島やギリシアへも通じるわけだが、これには軍事と通商の二つの目的があった。

つぎにカタコンベについては、パックツアーのガイドの説明とは違う、というよりは、少し補足説明をしたほうがよいようだ。まずカタコンべの語原だが、これはローマの或る地方の窪地の名で、そこに建てられた教会の地下墓地がそう呼ばれるようになったという。

またキリスト教徒の地下墓地そのものは、ローマだけではなくナポリやシチリア島、それにローマ帝国の勢力下にあった北アフリカや小アジアの各地にも及んでいる。またこの習慣はキリスト教だけではなく、ユダヤ教やその他の宗教にも見られるというのだ。それにローマ帝国下において、キリスト教徒が迫害されて地下に潜ったという説は、正しくないという。私がこれらのことを識ったのは、ずっとあとのことだった。しかし異常な体験だった。なおカタコンベのことをカタコンブとも言う。

さらにカタコンベについては、もう一つの情景をここに描いてみたい。それはこの異様な情景を、音楽によって表現した芸術作品についてである。

イタリアの作曲家オットリーノ・レスペーギ(一八七九-一九三六)はローマ三部作として、交響詩を三曲書いている。その中に「ローマの松」というのがあるのだ。これは他の二曲と同じように四つの曲からなり、その二曲目に「カタコンブ附近の松」というのがある。松とは言いながら、そこに描かれている音楽はカタコンベの内部そのものである。

曲はゆっくりとした低音の弦楽器が奏でるところから始まる。ついでホルンや木管楽器により、どこかで聞いたことのあるメロディーのグレゴリオ聖歌が、キリスト教徒のおごそかな祈りの声のように、それが静かなうちにも次第に昂まりとなっていく。短いうちにも感動的な歌声で終るのだ。

ところがレスピーギと同じように、もう一人このカタコンベを書いている作曲家がいる。ロシア人のムソルグスキーだ。彼の「展覧会の絵」の中にその曲があるが、ここでそれをレスピーギの音楽と比べるつもりはない。キリスト教の信仰についての、イタリア人とロシア人の違いがあるのかもしれない。

このカタコンベを訪れたときの印象は、私の中ではいつまでも残っている。地下の、深い階に行くほどに、たしかに恐怖心もあった。そこには亡くなった人の棺もあったというが、と同時にその暗闇の中では、生きている人間、つまり当時のキリスト教徒の、祈りの声が聞こえているようでもあったのだ。生と死とか、それに人間の宗教に対する信仰心というものを感じさせる、不思議な体験だった。

二　山賊ホセ・マリアの墓

ここまで、世に立派な人物といわれる人びとのことを書いてきて、ここで山賊の登場というのは、いささか不謹慎だと思われるかもしれないが、決してそうではない。ホセ・マリアというのは立派な山賊であり、立派な人物だったのだ。立派な人物というのは、社会的に、人びとに或る恩恵をもたらしたとか、自分が犠牲になってでも他人を助けたとか、という人間のことをいう。じつはホセ・マリアというのは、そういう山賊だったのだ。信じられないかもしれないが、その話を少ししてみたい。

ヨーロッパの南西部、イベリア半島のほぼ全域を占めているスペインは、隣国フランスとは、歴史的にみてもかなり違った風土にある。その中でも南部のアンダルシア地方は、スペインの国内にあっても、これまた特異な風土と風習をもっている。それをいちいちここで説明することはないが、この地で山賊が跋扈(ばっこ)し始めた、十八世紀末ごろからの景色を描いてみたい。

グラナダにアルハンブラ宮殿というのがある。今では観光客でごった返している処だ。そこはかつては、イスラム教徒の王が支配していた国の宮殿だった。そこをカスティーリァ（スペイン）のイサベル女王が攻め陥したのが一四九二年のこと。それ以来スペインはキリスト教国になった。そのアルハンブラ宮殿も、十八世紀末には荒れ果てていた。

話は変って、いま日本の若い女性に人気のあるフラメンコ、これもアンダルシアのものだ。そしてこれをやるのはジプシー（ロマ）である。そのジプシーがスペインの南部に住みつくようになったのは、それほど昔のことではない。せいぜい四百年ぐらい前からか。当時はまだフラメンコという言葉もなかった。

つぎは闘牛士。闘牛はスペイン全土で行われているが、やはりアンダルシアが本場で、過去には有名な闘牛士が多く輩出している。ところが、闘牛士から山賊になった、それも有名な山賊がいるのだ。両者はどこか似たところがあるのか。彼は言った。「一人の女が俺の身を滅ぼした。男の破滅には、いつも女が関わっているものだ」と。悲痛な男の叫び声だ。

以上アンダルシアらしい景色とそこに出没する人物を描いてみたが、山賊がそこに現われるにいたった、もう一つの人間集団があることを、是非知っておく必要がある。それは現在のアンダルシアの社会にも存在する大地主である。というよりも、広大な農園を所有し、多くの農民を使用している、その地方の支配者というべきか。彼らのことをいう別名があるが、それはあまりよい意味に捉えられていない。

アンダルシア地方は、北と比べるとだいたいが農村地帯といえる。それは昔も今も変りはない。この地方に山賊が出没していた頃、時の政府は、コルドバの平原地帯に或る人びとを入植させた。王党派の農園主だ。それがそのまま今の大地主になったわけではないが、当時は大きな邸宅を、砦のように堅固に構えて、そこには武装した手下も置いたのだ。これは政府の山賊対策だった。山賊対農園主という対立の構図がはっきりと見えてきた。そこでホセ・マリアの登場となる。

ホセ・マリアが生まれた村、ハウハの全景（著者撮影）

一八〇五年六月、ホセ・マリアはコルドバの南約一〇〇キロにある、ハウハという村に生まれた。マラガへ向かう街道沿いの小さな村だ。ホセ・マリアというのは渾名で、本名をホセ・ペラヒオ・イノホサという。母の名がマリア・コバチョだったので、響きのよいホセ・マリアとしたのだろう。父親は日雇労働者で山賊とは関係ない。

彼の子供の頃は何の教育も受けずに、字の読み書きもできなかった。それが普通である。若者となった年の頃、彼は近くの農園で働いていた。そして九月の祭りの日、若者たちは踊ったり歌ったりして大いに賑わった。その最中、農園主の息子が彼の恋人に手を出したのだ。それを見たホセ・マリアはカッとなって若者を刺し殺したのだ。

　彼は人一人を殺してしまった。農園にも生まれ故郷にも居られなくなったホセ・マリアは、家に帰ると母に別かれを告げ、そのまま山に入ってしまった。それが彼の山賊稼業の出発点だった。以後死ぬまで、彼はこのアンダルシア一帯で仕事をしていたが、一度もハウハに帰ることはなかった。

　なお彼にはもう一つの渾名がある。それはテンプラニージョというのである。その意味は〝早い〟ということで、彼が年若くして山賊稼業に入ったのと、もう一つは仕事が何よりも早いという意味からとったのだというが、それはどちらでもよい。とにかく彼の名は、ホセ・マリア・エル・テンプラニージュとして通っている。それも長たらしいから、誰もが彼のことを、テンプラニージュとだけ言う。

　山の中の小さな村へ行って、ホセ・マリアのことを尋ねると、「そう。この村にもテンプラニージュが来たことがあるんだぜ」と、若者が目を輝かせて得意げに言うのを見ると、つい彼の人柄が偲ばれて頰笑ましくなる。なおスペインのワインにテンプラニージョというのがあるが、これは関係ない。

　故郷を逐電したホセ・マリアは、当時山賊や密輸業者の巣になっていたロンダに向かった。そして途中、トーレ・アラキメという村に辿りついた。そこで運よく、フランシスコという山賊に出逢ったのだ。彼の山賊への第一歩はそこから始まった。フランシスコの手下になったのだ。

しかしいつまでも手下のままではいられない。そこで彼は、早く一本立ちになるために、当時「エシハの七人の山賊」として有名だった山賊グループに入るために、コルドバ近くの村に行った。そこに数年いて、彼も結構名をあげたのだ。とそこへ、親分のフランシスコから連絡があって、トーレ・アラキメに帰ることになったのだ。大事な話があるというのだ。

フランシスコの家には、もう一人の山賊が彼を待っていたのだ。ファン・カバジェロという名の、これは本当の悪党だった。アンダルシアの東部に縄張りを持っている大物だった。大事な話というのは、三人でアンダルシアを三つに分けて、それぞれの縄張りを決めて、互いに領分を侵さないという話で、これを三人が了承したのだ。都合のよい勝手な話である。

当時アンダルシア地方に、どれだけの山賊がいたかは分からない。しかし政府の治安部隊と渡り合えるのは、この三人が率いる集団しかなかった。山賊といっても一人でやっているのもいれば、五、六人で家族的にやっているのもいる。しかしその程度の人数では、王党派の農園主の館を襲うことなどとても出来ない。しかしこの三人だけは、自他共に認められるだけの、組織だった集団を率いていたのである。その結果ホセ・マリアは、アンダルシアの北部、コルドバを中心とした一帯を縄張りとすることになった。その中には、シェラモレナの山岳地帯も入る。

彼は早速仕事にとりかかった。今までと同じような、ちゃちなことはやらない。まして人を殺すなどということもしない。金持ちから獲ったものは手下に給料として与えたあとは、貧しい人びとに分けてやる。そして四十人の軍団ともいえる手下を引きつれて、シェラ（山脈）モレナの山中からコルドバの平原を駈け巡る。それがホセ・マリアのやりようだった。

イギリス人画家ジョン・フレデリック・ルイスが描いたホセ・マリア

ここで少し、ホセ・マリアの仕事振りを紹介したい。彼の四十人というグループの大きさは、一団が行動するのに、いちばん適しているからで、彼はそれ以上には子分を採用しなかった。その子分に欠員が出た場合は、あと釜を希望する予備軍があった。どの村にもそういう声がかかるのを、首を長くして待っている若者がいくらでもいたのだ。

山賊の生活は楽ではない。その名のとおり、いつもは山の中で生活するからだ。隠れ家などというものはなく、山のあちこちに穴ぐらを掘ってそこに寝る。それも大小あって、大きなのは街道筋の崖の途中や、そこを見下ろせる高所にあって、郵便馬車や金持ちの一団が馬車で通るのを見張っているのだ。

時により大きな獲物に出くわすことがある。馬車が三台ぐらいと、その従者たち。山から下りてきたホセ・マリアの一団に取り囲まれて、彼らには抵抗など出来ない。中には令嬢やその召し使いの婦人もいる。山賊は全員を馬車から下ろすが、そんなときは、女性には手をとって優しく接する。ただ金目の持ち物は全部取り上げる。しかし中には、これは親の形身だからと哀願されることがある。その場合は一品だけ、鄭重な態度で返してやる。

またある時は、治安部隊に遭遇することがある。ホセ・マリアは射撃の名人だが、武器や装備は彼らのほうが上だ。山から下りてきて林の中での射ち合いに不利とみた場合、山賊の逃げ足は早い。やられるのもいるが、殆どが山へ入り込む。この頃には山賊の持つ鉄砲も改良されて、銃身が長く細いものが多くなった。それ以前は銃口が広がったラッパ銃で、銃身も短かく命中率も悪かったのだ。

農園主の館を、積極的に攻めることはまずない。王党派の館は、周囲が一キロぐらいもある大きなものだ。それに高さが三メートルもある高い塀が巡らされていて、門も頑丈なもので、中には武装した民兵もいる。政府は十九世紀の始め頃から、治安部隊だけではなく、民間の有志を募って陸では治安を、海岸では密輸の取り締まりに力を入れていたのだ。

ホセ・マリアも一度、隙を見て農園主の館を襲ったことがあった。そのときは相手の農園主を、こっぴどい目にあわせた。彼らが百姓たちをこき使うのと、ホセ・マリア自身、農園主の息子を殺したときの思いからか、また彼らを絶対に許せないという気持からか、このときは相手の舌を切ったり、片腕を切り落してやったのだ。ただし殺すことはなかった。

フランシスコらとアンダルシアの勢力範囲を分けたことにより、ホセ・マリアは早速仕事にとりかかった。今度も獲物は政府の郵便馬車と王党派の農園主と決めていたが、その方法を少し変えた。今までのような手荒なやり方でない方法を考えついたのだ。つまりこの地方のお上の役人との交渉により、道中、馬車がほかの山賊に襲われることのないように、安全な通行を保障するので、そのための保険料を一台ごとに払ってくれというのである。うまく考えたものだが、果たしてこの話に、中央政府が乗るかどうかということだ。しかし彼は、委細かまわずそれを実行したのだ。

その手始めに、彼は街道を通る警備の薄い郵便馬車を一台一台止めた。そして自分の保険に入れれば道中の安全を保障するといったのだ。これは本来政府が行う権益を横取りしたもので、なかにはこれに従わないものもいる。そうなるとホセ・マリアの手下どもは、情容赦なく実力行使に出る。中央政府にとっては、まったく忌まいましい彼の遣り口だった。

マドリードの政府は、これにどう対処しようとしたのか。いつまでも手を拱いているわけにはいかない。山賊に頼んで郵便馬車の通行の安全を保障してもらう外聞の悪さは、ひどく政府の威信を傷づけるものだった。そしてこのことは、王さまの耳にまで届いてしまったのだ。大変なことになった。

この頃のスペインの国王はフェルナンド七世。隣国ナポレオンのフランスに翻弄され、自身もフランスに連れて行かれたりして、大変な苦労をした王さまなのだ。ところがここにきて、王女イサベルが誕生して、彼は大いに喜んだ。一八三〇年のことである。そこで彼は、今まで国内で多くあった騒擾の中で、敵対する人びとを逮捕し束縛してきたが、この期に恩赦を発令して、その身を自由にしたのだ。そしてこの時、思いがけなくもその恩恵に浴することになったのが、アンダルシアの山賊どもだった。

ホセ・マリアは、その恩恵を真っ先に受ける立場にあった。ところがこの山賊に恩赦を与えるという前代未聞の措置は、じつはホセ・マリアそのものに対しての、政府の画策だったのだ。彼による郵便馬車襲撃を止めさせると同時に、この頃ではマドリードに泣きついてくる王党派の農園主を救うためのものでもあったのだ。彼は山の中で、この恩赦のことを聞いた。

国王の名によるホセ・マリアに対する恩赦の手続きは、彼の生地のハウハに近いバドラトサの教会で行われた。ところがそこで、思いがけぬことがもち上がったのだ。それはたんに、ホセ・マリアが山賊稼業をやめるというだけではなく、これからは国王の政府の許で、この地方の治安のために働いてくれと言いつかったのだ。彼はあっけにとられた。つまり彼は、今後はこの地方にはびこっているほかの山賊を、退治するようにとの命令だった。これには彼も驚いたが、結局はそれを了承した。

彼の身分は一変した。ホセ・マリアはここに、コルドバの軍司令部に所属して、アンダルシアの公共の安全保護のための、騎馬隊の中隊長として仕事をすることになったのだ。しかしさすがに、その余りの変りように反対する手下もした。政府の兵隊になるよりも、山賊として細々とでも、今までどおり自由に生活をしたいという男もいたのだ。ホセ・マリアはそれを許し、これからも仕事はどこでやってもよいが、決して自分の前に姿を現わすことのないようにと言い含めた。中にはそういう男たちもいたのだ。

この新しい仕事に、ホセ・マリアは積極的に取り組んだ。彼は、手下から部下にと身分が変った男たちのために、制服や武器を買い与え、軍帽まで被らせた。その変りようは、民衆には概して好評だった。何しろアンダルシア一帯で勇名を馳せた山賊が、一夜のうちに、それを取り締まる治安部隊の隊長になったのだから、野次馬でなくても大いに目を見張ったのである。

彼はコルドバの兵舎から、四十人の部下を引き連れて行進することもあったが、自分では五、六人か、十人程度の仲間と一緒に、郊外を巡邏するのが普通だった。ところがここに、思いがけないことが起こったのだ。コルドバから南に百キロぐらい行ったところに、アラメダという、この地方ではやや大き目な集落がある。そこからさらに東に二キロぐらいに、広い台地が、何の遮るものもなく拡がっていた。山賊など出ようがない風景の中にある。

その見晴らしのよいオリーブ畠の中に、四方を白い壁で巡らした一軒の農園主の建物があった。壁は高く、建物の窓には鉄格子が嵌まっている。中をうかがうことなど、まったくできないのだ。誰が潜んでいるか、誰が匿われているかの想像もできない。ホセ・マリアは、当然そこを臨検することになった。

門を入ると、そこの主人だけがいた。誰かが潜んでいる気配は感じられなかった。彼は部下とともにすぐにそこを立ち去ったが、途中まで来たところで、いつも壁にかかっている場所に銃がないことを思いだし、それが気になって、一人だけ、もう一度それを確めるために農園に戻ったのだ。

ホセ・マリアは二階の窓からバルベリージョに撃たれた（著者撮影）

農園の南側は、二階建ての兵舎にようになっていて、一面に白い巨大な壁が突っ立っているという感じだ。一階部分には窓が一つしかなく、二階には五つ六つの窓が開けられていた。屋敷としては厳重な構えだった。
その屋敷の外側の角に、大きな井戸がある。外から帰ってきた人夫たちが、そこで水を飲んだり足を洗ったりする場所だ。屋外にある井戸というのは、ただそれだけではない。往々にして人が、それも犯罪人が隠れたりする場所でもある。目の前にある井戸を何気なく見ながら、ホセ・マリアもそう思った。そして馬から下りると、そこに一歩二歩と近づこうとした時だった。彼が背にした建物の二階の窓から、黒みがかった銃の先端が突き出た瞬間、「ダーン」という物凄い音をたてて火が噴いた。ホセ・マリアは、「あっ」という声をあげて、ばったりとその場に倒れた。

二発目の音はなかったが、間もなく銃声を聞いて駈けつけた部下に向かって、彼は苦しい息の下から「バルベリージョにやられた」と言ってぐったりとした。その男は前からホセ・マリアを恨んでいたのだ。

ホセ・マリアはまだ息があった。部下たちがその躰をアラメダの町まで運んだ。だがもう虫の息だった。二日後、彼はミサをあげてくれと言ったあとに息を引き取った。妻が若くして死んで、あとには幼い男の子だけが残った。山賊の頭目にしては、財産らしいものは何もなかった。時に一八三三年九月二十四日の朝、ホセ・マリア二十八歳の生涯の終りだった。遺体は町の公共墓地に埋葬された。しかし後日、アラメダの教区教会である、プリシマ・コンセプシオンの教会に改葬されたのである。

アラメダのプリシマ・コンセプシオン教会を、私は三度訪れた。しかし三度とも神父は不在だった。その代り教会の附近の信徒の何軒かの家に鍵が預けてあって、あとの二回は、そこの婦人に開けてもらって、中を見せてもらったのだ。

アラメダには二つのセントロ（中央広場）があって、小さい方のセントロの前に教会はある。建物の中は外見よりはよほど立派で、さすがは教区教会だけのことはある。というのは、春のセマナ・サンタ（聖週間）の際に出御するマリア像が三体もあって、衣装といい胸飾りといい、そのどれもがきらびやかで美しいのだ。

そしてホセ・マリアの墓は、教会の裏口から出た、小さな庭の一郭にあるのだ。一面に、色鮮やかなタイルに覆われた棺の外側の造りは、とても遺体の安置所とは思えない

アラメダのプリシマ・コンセプシオン教会の裏手にあるホセ・マリアの墓（著者撮影）

が、それがホセ・マリアらしいと言われれば、そうかもしれない。幅が一メートル、長さは二メートルもあるのか。がっちりとした二段になった、高さが一・五メートルもある大きな墓だ。そして頭の部分には、さらに一メートル近くもある大きさの十字架が立っている。こんな墓は見たこともない。

しかしその墓は、いかにも狭苦しい所にある。教会の裏庭にあるといっても、外の景色はまったく見えず、まるで閉じ込められたような所だ。おまけに庭の一隅には神父の寝室もある

のだ。そこはガラス窓になっている。ホセ・マリアは山賊なるがゆえに、死んでからでもこうして監視されているのか。それはないと思う。

ホセ・マリアは赤い太陽が輝く真っ青な空の下で、アンダルシアの荒野を勇ましく駈け回った山賊である。悪いこともしたが善いこともした。郵便馬車を襲ったり、王党派の農園主を懲らしめたり。しかし反面、多くの貧者を助け、自らは蓄財もしなかったのだ。そして人びとからは、テンプラニージョと誇らしく呼ばれた男だ。

だから彼の墓は、もっと広びろとした紺碧の空の下に置きたかった。そんな彼を哀れに思う。私はそう思いながら、去りがたい気持でそこをあとにした。

三 「スペイン戦争」の犠牲者の墓

スペイン、グラナダのアルハンブラ宮殿へは、ヌエバ広場からゴメーレスの坂を登っていく。しかし今、その道はバスも乗用車も通れない。道は狭く、そのだらだら坂を車がエンジンを吹かすので、その煤煙で通りに面した家々が真っ黒になったからだ。だいいち躰にも悪い。

そこでグラナダ市が、アルハンブラ宮殿の東側に、観光バスなどの駐車場を新しく造ったのだ。ただそこへ行く道は、市の東部をかなり迂回していくことになる。それに駐車場もそれほど広くはなく、最近の観光客はいささか難儀を強いられているわけだ。

じつは、その新しい駐車場へ市内から行く手前右側に、市営の墓地があるのだ。市街地からやってきた車がその横を通るのだが、墓地には高い塀が巡らされているので、そこが墓地であることは、殆どの人が気がつかない。私はその墓地を二回訪れたことがある。そこにはあの戦争で犠牲となった人びとの墓があるからだ。この項では、その人びとの話をすることになる。

一九三六年から一九三九年にかけてあった、スペイン国内を二分して行われた戦争のことを、いままで「スペイン内戦」、「市民戦争」、「スペイン戦争」などと言ってきたが、スペイン政府

グラナダのアルバイシン地区

や日本のマスコミ関係者らの合意によるものか、最近では「スペイン内戦」またはただ「内戦」とだけ言うようなので、この本でもそうしたい。

私のスペイン詣ででは十数回に及ぶが、その殆どは、マドリードの外は、グラナダとセビーリャに行くことになっている。中でもグラナダでは訪れる処がだいたい決まっている。アルバイシンとサクロモンテという二つの丘に住む、何人かの知人の家である。世間的にはあまり誉められた家族ではない。山賊の子孫とか、フラメンコをやっているヒターノ（ジプシー）の一族である。もちろん中には立派な人物もいる。セマナサンタの時には、見事なマリア像の山車を繰り出す教会の神父さんなども。

彼らとの寛いだ話の中で、たまに「内戦」の時の話が出てくることがある。アルバイシンは上から下までが住宅地だが、グラナダのメイン・ストリートであるコロンブス通りに面した下の方に住んでいる連中と、上という か奥の方に住んでいる連中とでは、まるで人格が違う。

奥の連中は昔からの住人で、外へ出ていっても、また戻ってくるという連中なのだ。それにたしかに年寄りも多い。

アルバイシンの中央に、サン・ニコラース教会というのがあって、その周りが広場になっている。少し高台にあって、そこからのアルハンブラ宮殿の眺めは最高で、観光客はここに立つとたいていは大きな喚声をあげる。そして写真を撮る。時どきヒターナの小母さんがカスタネットを鳴らしてそれを売っている。機嫌がいい時には立ち上がって、少し歌って踊ったりする。

ここの広場はいつも観光客でいっぱい、という訳でもない。人気(ひとけ)のないときもある。そんなときは近くの年寄りが来て、やはりアルハンブラ宮殿の、赤く夕陽に染った建物を見つめている。そして何を考えごとをしているのか、その横顔は黙然としている。彼の脳裏に何が映っているのか。

その彼が、誰に言うともなく口を開いた。「ここである男が、もう一人の男にピストルで撃たれ、頭から血を吹き出して死んだのだ」と。

彼はその現場を見たのだ。あの「内戦」のときに。

このような話を私はほかでも聞いた。それはアルバイシンの奥の住宅街で起きたことだ。夜、寝静まった頃、表で突然、人が怒鳴っている声がする。一回や二回ではない。それも一人ではない。しかもその声は少しずつ移動しているのだ。そのうちに、どこかで家のドアが開いたような気がした。その時だ。大きな銃声音が聞こえた。そのあとまた何人かで怒鳴り合っている声がする。しかし人びとは外へ出ることはない。その声が自分たちの方に向かってくるような気がしたからである。

明くる朝、人びとはそっとドアを開けて外を見た。するとあちこちで、何人かの男たちが横たわって死んでいるのを見た。やった犯人は分からない。しかし彼らには、それが治安部隊の仕事だと分かっている。彼らがここまでやってきたことを知って、住民たちは怖れおののいたのだ。

じつは内戦が始まったとき、アルバイシンの奥には共和国派、つまり時の政府寄り、さらに言えば反フランコ派の人びとがそこに立て籠ったのだ。グラナダはもともと保守的な都市だ。そこでフランコ派は、いち早く市の行政機関や治安部隊を掌握したのだ。そうなれば共和国派に対する圧力は強まるばかりだ。

その共和国派の人びとは、アルバイシンに立て籠った。しかしアルバイシンといっても、それほど広くはない。狭いところだ。それでも中の道は迷路になっていて、どこがどこだか分からないぐらいに家も立て込んでいる。治安部隊もそこに容易に入り込めない。

そこで彼らは何をやったかというと、アルハンブラ宮殿に大砲を運び上げ、そこからアルバイシンの丘に向けてぶっ放したのだ。アルハンブラ宮殿はもともと、宮殿でもあり要塞でもあったのだ。それを彼らは活用したのだ。

反乱軍派（フランコ軍）に捕らえられた共和派の人びと（セビーリャの付近で）

結局共和国派の人びとはそこから逃げたり捕えられたりして、戦争は終った。詩人のガルシア・ロルカはそれより以前に、マドリードから生まれ故郷のグラナダに戻ったところを治安部隊に捕えられ、郊外のビスナール山中で殺害された。彼の死は謎に包まれ、今でも、その遺骸を埋めた場所も見つからず墓もない。

内戦は一九三九年三月に終った。しかしそれですぐに平和がやってきたわけではない。ここにそれほど確かとはいえない統計数字がある。この戦争による死者の数が示されているのだ。それによると、戦闘による死者が二十八万人。フランコ側によるテロの犠牲者が二万人。共和国側のテロの犠牲者が二十万人。内戦後（一九三九—四三）の処刑者と獄中死亡者が二十万人となっている。内戦後に治安部隊によって拘束された人数の多さに驚く。

いつかタクシーでコロンブス通りを走っていたときのこと。運転手が右の方を指差して、「戦時中、親父はあそこに入れられていたのだ」と言う。今そこは、広い芝生の緑の濃い広場になっている。「勝利の広場」という。フランコ派かグラナダ市が造ったものだろう。正面の奥には、横に長く噴水が涼しげに水を噴出している。

　運転手はすぐに説明してくれた。戦時中まであそこには闘牛場があったのだ。ところが戦争が始まって共和国派の人びとが多く逮捕されると、その頃に新しく建設された刑務所だけでは、それらの人びとを収容しきれなくなって、それで彼らを闘牛場に入れたというのである。今はその闘牛場も、市の西部にある刑務所の近くに造られているという。

　グラナダには、内戦に関係した場所が方々にある。そこで私が識ったのは、かつてその刑務所から、人びとが次つぎとトラックで運ばれて、あの墓地に向かったということだ。そこで彼らは処刑されたのだ。その数、何百か何千か。それは惨たらしい光景だったに違いない。

　それから何年か経って、私はその墓地を訪れた。件（くだん）の場である。門の中に三人のガードマンがいた。私が手にしていたカメラを指して、これは駄目だと咎められた。カメラを没収されることはなかったが、緊張した。私はここが、普通のところではないことがすぐに分かった。

　墓地の中は思いのほか広く、正面は奥が深く、右にも左にも道は分かれている。私はなるべく奥まで行くことにした。ガードマンの目の届かないことをまず第一に考え、その一方では、かつて銃殺の場となった壁を捜すためだった。

　この日は日曜日だったので、お参りする人が多く、その殆どが高令者だった。墓地は奥へ行

グラナダの市営墓地にある内戦で処刑された人びとの墓（著者撮影）

くほどに、ニッチョ式と呼ばれる、スペイン独特のアパート風の墓が、城壁のように連なっている。私はなるべく人を選んで、一組の老夫婦に尋ねてみた。内戦のさいに、ここで多くの人びとが銃殺されたと聞いているが、そこはどこかと。私は、彼らがその前に立たされたであろう、壁を想像していたのである。

しかし老人は、壁のことは知らないが、彼らの墓は、入口近くの、パティオ・サンティアーゴがそうだと教えてくれた。そして、「あそこは、お国のために亡くなった人たちのお墓です」と。密やかな口調で告げられたのだ。お国のためと言いながら、殺されたのは殆どが共和国派の人びとを意味することは、言うまでもない。

パティオ・サンティアーゴは、入口を入るとすぐ右手に折れたところにある。墓地の中では、そこだけが高い煉瓦塀に囲まれ、二か所に戸のついた低い門がある。墓地は外からは目立たないところ、秘密の場所にあるという感じだ。グラナダ市としても、今に至るまで特別な扱いをしているのだろう。ただ墓地の二つの入口附近やそのほかのどこにも、ここが内戦による犠牲者の墓所という表示は、何一つなかった。為政者にとっても、またグラナダの市民にとっても、後ろめたい気持と同時に、もうそのことは忘れたいという気持の二つがあると感じられる。

よく見るとニッチョ式の墓には、死者の生年と没年が記された金属製のプレートがうちつけてあった。それに気づいた私は、一つ一つのプレートを注意深く見て回った。するとそこに意外なものの発見したのだ。生年はともかく、没年を一九三八年とするものが、目だって多くあることを見たのだ。

戦争が始まったのは一九三六年七月のこと。モロッコに兵を挙げた反乱軍の行動は早かった。最初にスペインの北部を支配下におくと、半島の南端に兵員を上陸させ、セビーリァからグラナダへと、アンダルシアの西半分をあっという間に占領したのである。軍や警察などはすぐに反乱軍に同調した。グラナダ市民の悲劇は、ここに始まったのだ。

アンダルシア地方というのは、カタルーニァやバスク地方と比べると、貧しく民度は低い地域である。このため社会の上層部は保守的で、カシェケというこの地方独特の大地主に支配されている農民層や都市の勤労者層は、苦しい生活を強いられていたがために、共和国派支持の民衆が多かったのだ。そして内戦が始まった時、彼らは何のためらいもなく共和国派の陣営に馳せ参じたのだ。

しかし事態は早く展開して、政治家も軍部も警察も、また商店主までが反乱軍に味方したのだ。労働者の多いアルバイシン地区の民衆がそこに立て籠ったとしても、その結果は目に見えていた。そしてそのあと、彼らは不穏分子の逮捕にふみきったのだ。

逮捕された市民により刑務所はすぐに満杯になった。そこで闘牛場が仮の刑務所になった。逮捕者がそこにも入れなくなったとき、彼らはいよいよ最後の時を待つことになる。週に二回、それは火曜日と木曜日の早朝、まだ陽が昇らない頃、彼らのうち何十人かが一度に呼び出され、トラックの荷台に積み込まれた。行く先は市営墓地である。グラナダの中心街、それも早朝で人っ子一人歩いていない、彼らにとっては想い出多い通りに別れを告げ、アルハンブラ宮殿の外側のだらだら坂を上がっていく。その間、声を発する者など誰もいなかっただろう。

死者の没年が一九三八年に多いということは、共和国派の人びとに対する摘発や逮捕、それに取調べが、ずっと続いていたことを意味する。そしてその時期になって、多くが処刑されたのだ。刑務所に収容されていた人びとが、どれだけ処刑されたかについては、はっきりとは分からない。今となって、それを正確に知ることは不可能だ。

グラナダの刑務所に限らず、こうした場所で、反乱軍派の手の者が、彼らに対して酷い仕打ちをしたということがよく言われ、外国に向けても喧伝されている。しかし、では一九三六年以前に、バルセローナ辺りで、アナキストが保守派の人びとや聖職者に対して行った殺戮行為をどう見るか。彼らの行為は人道的で、人類に対して恥ない行為だったと言えるだろうか。またグラナダの刑務所や闘牛場に収容されていた人びとが、一人残らず皆殺しになったということは、聞いたこともない。

ただそうはいっても、アルバイシンの奥でも、住民同士の殺し合いはあったのだ。よく聞く話だが、「あそこのうちの爺いが、うちの爺さんを殺したんだ」と。この記憶はいつまでたっても消えないが、もうそろそろ、それを言う人びともいなくなり、若者もそれを知らずに生活をしている。「スペイン内戦」は、やはり「市民戦争」だったのだ。

いま高い塀に囲まれた墓地を訪れる人は、少ないと思われる。ほかの墓地と比べても、心なしか荒れた感じがする。葬られた人物の遺族も齢をとって、もうその面倒を見ることもできずに、彼らは忘れられてしまったのだろうか。いやそんなことはないし、それは耐えられないことだ。「あそこは、お国のために亡くなった人たちのお墓です」と言った老人の言葉は、そのままグラナダ市民の思いであり、それはいつまでも持ち続けられなければならない思いであり、言葉でもあるのだ。

先きほどのガードマンはまだ居たが、再び咎められることはなかった。

四　カルメンと椿姫の墓

　カルメン――。そう、あのカルメンである。メリメの小説とビゼーの音楽により、世にあまりにも有名になっている、あのカルメンである。しかしその墓など、ある筈がない。小説やオペラの女主人公であっても、それはあくまでも二人のフランス人によって描かれた架空の女性だからである。だからそのカルメンの墓など、ありようがないのだ。

　しかしである。カルメンと同じように、もう一人の、小説やオペラのヒロインになっている女性がいる。すなわち椿姫である。そしてその女性の墓はたしかにあるのだ。しかも墓地としては一等地の、フランス、パリのモンマルトルの丘の墓地に。いったいこれはどういうことなのか。それをじっくりと説明したい。

　小説の『椿姫』は、フランスの作家デュマ・フィスによって、一八四八年に発表されたのだ。彼の二十四歳ぐらいの若い時の作品である。しかしいくら文才があるからといって、またその作品がいかに優れているからといっても、今まで文壇に名をなしたこともない若者の小説が、いきなり評判になるということは、普通では考えられないことだ。

しかしこの若者は運がよかった。というのは、彼の父親は、かのアレクサンドル・デュマなのだ。『モンテ・クリスト伯』（日本では『巌窟王』として紹介された）や『三銃士』などを世に送り、名声を博した文豪である。

ところがデュマは、アレクサンドルの正妻の子ではなく、庶子だったのだ。つまり私生児なのである。彼の人生に、その影を落としたのは事実だろう。『椿姫』のヒロイン、マルグリット・ゴーティエの生きようが、華やかなうちにも哀切に充ちた姿で映し出されているのは、デュマが己れの身の上を想ってのことだったのかもしれない。

この頃、つまり一八四〇年代のフランスは、大変な時期だった。フランスのみならず、ヨーロッパ全域が、政治や社会的に不穏な状態にあり、各地で革命が起き、労働者や農民による組合が次つぎと結成されたりした。ロンドンで「共産主義者同盟」が創立されたのも、この時期のことである。ところがその反面、フランスのパリでは、それとはまったく異質の世相もあったのだ。

よく言われるようにこの時、花の都パリは、享楽と頽廃の真っ盛りの中にあったのである。中でも社交界、それは主に夜の社交界のことを言うのであるが、そこでは金銀のばらまきと虚栄のきらびやかさとで、目も眩むような光景を映し出していたのである。そしてそこに登場したのが『椿姫』である。

デュマ・フィスが描くところのヒロイン、椿姫ことマルグリット・ゴーティエは、この頃まだ二十そこその女性である。その彼女が、上流階級の、貴族とも呼べる男たちを手玉にとって、彼らを自分のパトロン扱いにしている姿は、とても二十とは思えぬなまめかしさが感じられる。それはたしかに、娼婦としての美しさだったのだ。

そういう男たちの間で、彼女が椿姫といわれるわけは、彼女がよく通う劇場の、その桟敷の前には、いつも椿の花束が置いてあるから、それが彼女のあだ名となったのだという。

富と名声はあっても、道徳的にふしだらな男たちに囲まれた生活を送っていたマルグリットの前に、或る日突然一人の青年が現われた。その名をアルマン・デュヴァルという。彼は良家の生まれで、周りの男たちのようではなく、純真な若者だった。彼は思いきってゴーティエに近づくと、自分の恋心を彼女に打ち明けたのだ。そしてはじめは取り合わなかった彼女は、やがてアルマンの真剣な自分への想いに心を打たれて、二人は互いに愛し合う間柄になったのだ。

やがてゴーティエとアルマンは、パリを離れて郊外で一緒に暮らすことになった。彼女にとっては、今までの贅沢な暮らしとは違って質素なものとなったが、それでも満足した。しかし生活は次第に苦しいものになっていく。ゴーティエにとってそれは、不満を感じる日々ではあったが、アルマンへの愛の心は充たされたものになっていたのである。

ところがこうした二人の関係を、間もなくアルマンの父が知るところとなった。彼は世間的にも立派な紳士として通っている。名士といってもよかった。多少は財産もあり、息子には生活費も出していた。そして何よりも、アルマンの将来を嘱望していたのだ。彼は二人のことを知ると心を痛め、息子にはゴーティエと別れるようにと説得した。しかしアルマンはそれを拒み、なおかつ彼女のことを弁護した。

しかしこのことは、間もなくゴーティエの知るところとなった。彼女は悲んだ。そして今さらのように、自分が卑しい女だということに嘆き苦しんだ。このとき、彼女はアルマンと別れることを決心したのだ。或る日、彼にはパリに行くようにと促して、自分もそのあとにパリに向かって、やがて外の男の許に走ったのだ。彼女が生きていくためには、そうするよりほかなかったのだ。

華やかな生活に戻ったゴーティエの気持は、少しも晴れなかった。それどころか、やみがたいアルマンへの愛情と、空しく充たされない実生活に、心は苛(さいな)まされて次第に胸を病むまでになっていった。事実彼女は、この頃結核におかされていたのである。そしてとうとう床に伏してしまったのだ。

或る冬の寒い日、ゴーティエは恋しいアルマンへ書き続けていた手紙も、体力の衰えからそれも最後と、やがて女友だちの一人に見とられながら息絶えたのである。最愛の恋人だった、アルマンに見とられることもなかったのだ。なんという悲しいことだろう。マルグリットは、最期には神への懺悔の言葉を口にし、夜中の二時に息をひきとった。その様子は聖女のようだったという。ここに椿姫の悲劇は終った――。

この物語には、作者のデュマ・フィスの気持が籠っている。私生児であった彼は、自分を産んでくれた母への特別な想いがあった。また彼は、『私生児』という小説も書いている。『椿姫』のマルグリット・ゴーティエの生涯やその姿には、彼の生い立ちや、その後の人生の環境からくる想いが、強く滲み出ているのだ。

じつはこの椿姫には、たしかな実在のモデルがあったのだ。その名をローズ・アルフォンスィーヌ・プレシスという女性である。パリから西へ、モンサンミッシェルへ行く途中一七〇キロほどの処に、オルヌ（ORNE）という名の町がある。ノルマンディー丘陵地の、山間（やまあい）にある小さな処で、彼女は一八二四年にそこで生まれたのだ。

育ったのは貧しい農家だった。父と妹の三人暮らしで、羊小屋が一家の住まいだった。ろくなものも食べていなく、そのために彼女は、十歳のときに男に身を売ったのだ。なんという惨めさだ。そして十二のときに、みすぼらしい姿でパリにやってきたのである。

彼女は貧乏で何の教育も受けていなかったが、元来は利発な少女だった。そしてパリの町なかを徘徊する若い女たちのレベルを越えて、高い教養を身につけた。しかし同時に、男は何かということを知るようになったのだ。彼女の気持は、すでにそのようにもなっていたのだ。悲しいことに。

やがてアルフォンシーヌ・プレシスは、夜の社交界に出るようになった。男たちを何人かも識って、その処し方も心得るようになったのだ。その点では、彼女にも天性のものがあったのかもしれない。そしてその報酬は大きかった。また贅を尽くしたその生活態度には、何の疚しさも感じなかった。

男たちはいずれも多くの財産を持ち、身分もさまざまだった。彼女はどんな相手に対しても臆することなく応じた。そしてその中から気儘に、自分に合った男だけを撰んでいったのだ。彼女は、自分の女としての魅力を十分に心得ていた。それほどに彼女の容姿は魅惑的だったのだ。しかしそんな生活は永くは続かなかった。

細身の体つきだったうえに、少女時代からの栄養不良の彼女の肉体は、次第に蝕まれていった。不規則で怠惰な、夜とも昼ともつかぬ生活に、彼女はついに結核におかされていたのだ。治る見込みはない。ところが彼女は、自らそれを承知していたのだ。二十二歳になったとき、自分はあと二年ぐらいしか生きられないと予言している。そしてついに、短い生涯を閉じたのだ。一八四七年二月三日のことである。

彼女は最期に或る伯爵と同棲していたが、墓にはただ、アルフォンシーヌ・デュプレシスとだけ、その名が刻まれている。モンマルトルの丘にある墓地に、石造りで箱型の、気品のあ

実在のモデル、アルフォンシーヌ・デュプレシス

る立派な墓である。後世そこに詣でる人びとにとって、彼女の不幸な生涯を想いながら、それだけに慰められるような雰囲気がある。

彼女の肖像画が残っている。顔の両側に、五十センチほどもある長い髪を垂らしている。おそらく黒みがかった髪の色だろう。顔も体も、やや小柄な感じがする。頬にまでかかった髪のせいか、顔は面長に見える。色は白く、長く引いた眉毛の下の眼は大きい。そして形のよい鼻の下にある結んだ口元には表情があって、心の内の笑みが感じられるのだ。そこには少女ではなく、大人の、しかも娼婦の表情が見てとれるのもたしかだ。そして大きく見開いた両眼には、すでに胸を病んでいる弱々しさが感じられる。とても魅惑的な、忘れがたい彼女の肖像画である。

ブレシスの墓

小説『椿姫』はすぐに戯曲化され、多少のいきさつがあった後に、一八五二年にパリで上演された。それがまた好評を博したのだ。イタリアの作曲家ジュゼッペ・ヴェルディが、それをオペラとして発表したのが一八五三年のこと。ただ作品の題名は椿姫ではなく、『ラ・トラビアタ（LA　TRAVIATA）としている。道を踏み外した女という意味だった。たしかにそのとおりではあるが情容赦ない。もっとも文学作品とオペラは、しょせん別物なのだ。

＊　＊　＊

プロスペル・メリメの小説『カルメン』が発表されたのは、『椿姫』より三年早く、一八四五年のことである。そのとき彼は四十二歳。そのため作品には簡潔さと同時に旨さが見られる。デュマ・フィスとは明らかに年の差が感じられる。ヒロインのタイプも、カルメンと椿姫は、まったく違う別世界の人間なのだ。

メリメは、両親がともに芸術に深い造詣をもった家庭に生まれたため、何かにつけて恵まれていた。それに彼は外向的な性格で、かつ行動的だった。フランス国内のみならず、外国へもしばしば出かけている。

一八三〇年の二七歳の夏に、メリメは初めてスペインを訪れた。そして南部のアンダルシア地方を周遊したのだ。スペイン国内では最も後れた貧しい地方である。それに当時は、山岳地帯には山賊が跋扈していた。しかし反面、イスラムの文物が多く残っている地方でもあった。メリメならずとも、外国人が一度は行ってみたい処でもある。

メリメは友人と一緒に、多少はフランス人という優越感をもって旅をした。そしてそこで出逢った文物と人びとの暮らし振りには、少なからずの好奇心を掻きたてられた。中でも女性に。しかしただの女性ではない。彼がひどく興味をもったのは、ジプシー（ロマ）の女性に対してである。ジプシー。それは彼がパリでも見たことがある、自分たちとはまったく違った人びとの群れだった。

グラナダ、サクロモンテの丘のヒターナたち（19世紀末）

メリメが見たジプシーの特徴は、男の肌は浅黒いが、若い女はそれほどでもない。しかし齢をとると男女とも皺が深くなり、一段と黒くなる。髪は黒く眼は、男は弱々しく女は逆に鋭く、人を刺すような眼差しを見せるときがある。そしてにこりともしない。これがメリメの印象だった。

ジプシーの発祥の地はインドの北部とされているが、その移動の歴史をここで述べている暇はない。ただ現在のスペインでも、周りの連中からは、「あれはスペイン人ではない」と言われるほどに、彼らは昔も今もよそ者扱いをされていることもある。明らかに差別された民族であるが、この問題はじつに厄介である。

とにかくメリメは旺盛に歩いた。アンダルシア地方のあとには、地中海沿岸のバレンシアにまで足を延ばした。そこで彼は、群衆の前で死刑が執行される、或る男の最期までを見届けているのだ。それを『スペイン便り』で書いている。飽くことのない彼の探求心だ。

その旅の途中で、彼はカルメンシータという女性に出逢っている。オスタレッ（宿泊所）で働いている女給である。カルメンシータとはカルメンという名の愛称で、スペインのどこにでもある女性の名である。そしてもう一人は、グラナダで見たジプシー女だった。メリメの『カルメン』のヒロインは、これらのイメージから創作されたものである。ここで少し、その粗筋を書いておきたい。

時は一八三〇年頃。舞台はアンダルシア他方のコルドバやセビーリャや、その付近の山岳地帯。その頃のアンダルシア地方は、山賊が盛んに活動していた時期でもある。そしてそこに、第一の登場人物が現われる。すなわちドン・ホセである。まだ二十を過ぎたばかりの青年である。

彼はスペインの東北部、バスク地方のナバラの出身である。アンダルシアの住民とは、民族も風習も違うところがある。若者にしても朴訥な感じがする。それにドンというからは、彼は貴族の出である。しかも田舎貴族の。その彼が或る日、ハイアライ（テニスに似たバスク地方の競技）の試合の結果、相手と棍棒を手にした決闘で、その若者を殴り殺してしまったのだ。彼は故郷を捨てなければならなかった。村を出奔したのだ。

ドン・ホセはとにかく南に向かった。その途中で運よく、騎兵隊の一隊に出くわしたのだ。そして彼の頑強な体躯をかわれて、すぐに兵隊に採用されたのだ。思いがけなく、憧れの竜騎兵になったのである。彼は自分の前途に明るい希望をもつことができた。

セビーリャのタバコ工場の正門（19世紀末）

騎兵隊はやがて、セビーリャに駐屯することになった。アンダルシア地方第一の都市である。この頃は新しく植民地化した、新大陸アメリカとの交易が盛んとなり、セビーリャの町は大いに賑わっていた。そして騎兵隊はそこにある巨大なタバコ工場の警備にあたることになったのだ。ドン・ホセとカルメンの運命的な出逢いは、ここの正門前での出来事だったのだ。

カルメンはそのタバコ工場で、巻きタバコを作るための工員として働いていた。（メリメのこの設定は間違っている。ジプシーは男女とも、時間に縛られて他人に使われることなどありえない）そこで昼休みになって工場から出てきたカルメンは、衛兵として正門の脇に腰かけていた伍長のドン・ホセを見て、ただちに誘惑にかかる。そして田舎者の彼は、そのジプシー女の魅惑的な美しさに、たちまち魂を奪われ虜になってしまう。身の転落の始まりだった。

カルメンは言葉巧みに彼を誘いだすと、彼女の仲間である密輸業者の群れに引っ張りこんだ。或る夜、ドン・ホセと同じ連隊の若い中尉が、カルメンを訪ねてその巣窟にやってきた。そしてドン・ホセを見て罵声を浴せかけると、サーベルを抜いて彼に突きかかった。そうまでされてドン・ホセも短刀を抜いて、相手を突き刺したのだ。中尉は倒れて死んだ。

ドン・ホセはもう連隊には戻れない。そこでカルメンが言うには、これからは生きていくためには、密輸業者の群に入るよりほかない。しかもセビーリャからは一刻も早く脱出しなければならないというのだ。見すぼらしい衣服を着て、人目を忍んで馬を挽いて歩く姿には、田舎貴族とはいえドンと呼ばれる誇りも、また晴れがましい竜騎兵の軍服姿の面影もなかった。落ちぶれたものだ。

この頃アンダルシア地方の山岳地帯に山賊も多かったが、密輸業者の群も同じ山野をさ迷っていた。しかし山賊と密輸業者とでは、仕事が違う。山賊はその名のとおり賊徒の集まりで悪者なのだ。そして密輸業者も治安部隊に追い回されたりはするが、地方の民衆にとっては必ずしも害を及ぼすような存在ではない。密輸とはいえ、ある意味で物流の担い手なのだ。

それに山賊は、大きなのになると四十人もの荒くれ男が、一つの軍隊のような組織で行動するのもある。しかし密輸業者の群は多くて十人ぐらい、普通は五、六人で行動する。また銃を持って武装してはいるが、それは治安部隊に襲われたりした場合の自衛のもので、彼らから攻撃することはない。それに仕事は夜が多い。だからオペラの舞台で、密輸業者が夜、山の中で何十人もが大声を上げて合唱するなど、ありえないことである。

ドン・ホセはその密輸業者の群に入ったが、カルメンと一緒に居られることが、だいいちの喜びだった。彼女は時どきは山を下りて行ったが、すぐに戻ってきて下界の情報を仲間に伝えていた。ところがここに、思わぬ男が姿を現わしたのだ。「片目のガルシア」という男だった。しかもそれはカルメンの旦那だったのだ。

ガルシアは治安部隊に捕えられて、何年も地中海の海岸にある要塞刑務所に入れられていたのだ。それをカルメンが、役人に渡りをつけて出獄させたのである。ガルシアは群に戻ってくるなり、いきなり皆に命令したり怒鳴ったりした。黒い肌の凶暴なジプシーだった。ドン・ホセはカルメンにそんな男がいたとも知らず、激しい嫉妬に心は煮えくり返った。

或る晩、焚火を囲みながらドン・ホセは、ガルシアをトランプに誘った。そしてすぐに因縁をつけて、カードをその顔に叩きつけたのだ。二人は短刀を抜き合った。激しい決闘となったが、若く体力に勝ったドン・ホセが、ガルシアの喉を抉（えぐ）って殺してしまったのだ。

ドン・ホセは、カルメンを自分一人のものにすることができた。しかしそれ以来カルメンは不機嫌になり、二人の間はつねに気まずいものになった。仕事もガルシアが死んでからは思うようにいかなくなった。それに仲間の人数も減って、一行はいつも治安部隊の襲撃を怖れて、動きが臆病になっていったのだ。

それでもカルメンは、時により自由に振る舞っていた。男たちが山に籠って容易に動けないときでも、彼女は一人でマラガのような町へ出かけていっては、男たちと馬鹿騒ぎをして憂さを晴らしていたのだ。そんな或るとき、彼女はグラナダの闘牛士リュカスという男と知り合い、ねんごろになった。ドン・ホセはそれを知ってまたもや嫉妬に苛まされたが、それを我慢した。密輸の仕事が舞いこんできたときには、カルメンも男のことは忘れて、精を出したからだ。

闘牛士が倒れる

或る日、カルメンが外から帰ってきた、今日はコルドバで祭りがあるからと言って、はしゃいだ顔をして再び出ていった。その頃二人は、仲間から離れてコルドバの郊外の或る家にいた。その日は闘牛もあって、そこにリュカスも出場するのだと知ったドン・ホセは、急いで彼女のあとを追った。そして二人は相い前後して闘牛場に入った。カルメンはいちばん前の席に陣取ったが、ドン・ホセははるか後ろの方にしか席がとれなかった。

闘牛が始まって間もなく、リュカスの登場となり、彼は華麗なケープ捌きで牛をあしらった。しかし次の瞬間、何の間違いがあったのか、リュカスが馬の下敷きになり、そこへ牛が突進して、猛然と突きかかってきたのだ。カルメンは咄嗟に立ち上がると、カスートの裾をたくし上げてその場から立ち去った。

その夜、二人は別々に自分たちの小屋に帰ってきた。カルメンが戻ったのは、夜中を過ぎてからだった。ドン・ホセは意を決して「俺といっしょに来い」と言って、カルメンの手を引っ張った。そして自分の馬の尻に彼女を乗せると、コルドバの森へと向かった。そこでカルメンに、元のように俺と一緒に暮らしてくれと哀願した。しかし彼女はそれを聞き入れずに、わたしを殺すなら殺してくれ、と開き直ったのだ。彼女はもはやそこから逃げることもなかったのだ。

馬上の二人（ドレ画）

ドン・ホセはなおも、二人でアメリカへ渡って新しい生活を始めようと頼んだが、カルメンは激昂して、ホセから貰った指輪を抜き取り、それを草むらに向けて投げ捨てたのだ。そうまでされてはドン・ホセも決心した。そこで短刀を抜き、カルメンを一突きに突き刺して殺したのである。カルメンは声を上げることもなく、その場に倒れた。
そのあとドン・ホセは、かねてからカルメンが言っていたように、その亡骸を同じ森の中に埋めてやった。そして彼女が捨てた指輪を捜しだし、それも小さな十字架と一しょに葬ってやったのだ。田舎貴族の若者と、ジプシー女との凄まじい愛憎劇はここに終ったのだ。ドン・ホセはこのあとコルドバの衛兵屯所に行き、自分が山賊として手配されていたために、そこに自首したのだ。このあとは、やがて死刑になる運命にあったのである。

少し長く冗漫かと思ったが、『カルメン』の粗筋を紹介した。これほどの名作でも、物語の内容はあまり世人には知られていないと思ったからである。しかしカルメンとドン・ホセの言葉のやりとりには、思わず息をのむほどの激しさが感じられるのである。

メリメはこの本の最後に、さらに一章をもうけて、ジプシー、つまりスペインのジプシーについて、読者に分かりやすく、自らの考察を開陳している。彼の父は、フランス政府の書記官として勤務していたので、メリメ自身ものちになって、史的建造物監察官に就いたりしているほどで、彼にはそれなりの学識はあったのだ。だからこのジプシーについての説明文には、説得力がある。

ジプシーのことをスペイン語ではヒターノ、女性の場合にはヒターナという。また彼らが自分の属する民族以外の民族、すなわち一般のスペイン人については、パジョという言い方をする。彼らがこの言葉を口にするとき、時として少なからずの敵意と軽蔑の意味が込められていることは事実である。もちろんそうでない場合のほうが多いのであるが、この単語は覚えておくとよい。

メリメはこの章の中で、ヒターノのヨーロッパへの移住や、その言語、または民族的な習性について詳しく述べているが、よく調べていると思う。しかしここでは、特にカルメンに関するものだけを抽出したい。

というのは、オペラの『カルメン』の解説書などで、彼女のことを、自由奔放に生きた女性で、その姿が、あたかも女性の生き方として求められる一つの肯定的なタイプだとして書かれていることがある。しかしそれは間違っている、とは言わないまでも、少し見方が違うのではないかと思う。そこでヒターナとしてのカルメンの実像を追ってみたい。

カルメンはセビーリャのタバコ工場の正門前で、初めてドン・ホセに会った。そして彼を誘惑する。しかし彼女にはもともと、ガルシアという夫があったのだ。ところが彼はそのとき、刑務所に入れられていた。カルメンはその間、男の妻として貞節を守っていた、といえる。メリメは書いている。「ジプシー女は、彼女たちの夫に異常な実意を捧げていることは確か」だと。これは外からは、案外な風習に見える。

ではどうして彼女はドン・ホセを誘惑したのか。一言で言うなら、それはドン・ホセがパジョだからだ。ジプシーが一般のスペイン人から軽蔑されている以上に、ジプシーはスペイン人を軽蔑しているからである。カルメンは本当にドン・ホセに恋をしたわけではない。彼を自分たちの仲間に誘いこもうとしただけだ。密輸の仕事を手伝わせるためだった。

しかしドン・ホセはそうは思っていない。アンダルシアの山岳地帯をさ迷い歩きながら、自分はカルメンの愛人だと思っている。ところがそこへ、ガルシアの突然の出現だった。彼こそがカルメンの夫だったのだ。ドン・ホセはそれを許すことができずに、カルメンが山を降りていった隙に彼を殺したのだ。

それからはカルメンを傍に置き、ドン・ホセは誰はばかることのない夫婦気どりでいたが、彼女はそうは思わなかった。そしてやがて、グラナダの闘牛場でリュカスと知り合うようになった。これもパジョだった。周りの男たちは、リュカスも仲間に入れたほうがいいと言った。闘牛士は動きも敏捷で剣も使える。密輸の仕事にはもってこいだった。しかしリュカスはコルドバの闘牛場で牛にひっかけられて傷を負った。ドン・ホセは、カルメンが自分の処に戻ってくると思った。しかし彼女の気持は、とうに彼から離れていた。

カルメンはかつて、ドン・ホセに言ったことがある。「わたしたちの運命は、パジョどもを困らせて生きていくことさ」と。また森の中でドン・ホセと言い合っているときには、「カリとして生まれてきたカルメンは、カリとして死んでいきたいのよ」と叫んでいる。カリ（calé）とはジプシーという意味だ。

カルメンは最期まで、自らの民族の血の掟に従ったのだ。ホセが思わず呟いたように、「考えてみれば、かわいそうな女」だったのだ。これで彼女が、数多くの男たちを手玉にとり、自由奔放に振る舞っただけの女ではないことが、分かっただろう。

カルメンの墓などはない、と思いたくない。アンダルシア地方といっても、ロンダやガウシンなどのように険しい山岳地帯もあるが、コルドバの南、グアダルキビール川沿いにある地方は、西に下っていくに従って視野は開らけ、やがてセビーリァに達する。カルメンの最期の地は、それとは反対方向にある、僅かに丘陵地が拡がる森の中だろう。

昼間はぎらぎらと光る太陽の輝きを避けて、夜の森の中で、人知れずひっそりと死んでいくことを、カルメンはいつも想い描いていたのかもしれない。だからドン・ホセに二度目に刺されたときでも、声もたてずに死んでいったのだ。可愛そうな女だった。

いまその墓には、確かにそれを示すものはない。ドン・ホセが言っているように、小さな木の十字架など、とうに朽ちてしまったのだ。だが今でも、彼女の遺骸を埋めた土の膨らみがあるかもしれない。しかしそれも草に覆われていることだろう。それでよいのかもしれないが、カルメンの墓は確かに在る。カリとして生き、カリとして死んでいった、それがカルメンの墓標である。

セビーリャの闘牛場の前に立つカルメンの銅像（著者撮影）

五　哲学者ニーチェの墓

二〇〇五年五月に、私はドイツ東部のドレスデンやライプツィヒに四、五日間、ベルリン在住の友人とともに滞在したことがある。そのとき、ライプツィヒの西約十五キロの処に、ニーチェの生家があると聞いたので、早速そこを訪れることにした。

哲学者フリードリッヒ・ウィルヘルム・ニーチェと、その名を聞いただけでも、俗人は近寄りがたいものを感じ、また彼のことを理解しようともしないし、理解などできるわけがない。それが一般的にドイツ哲学というと、俗人とはいえ多少教養のある者は、そこにカントやヘーゲルの名を想い出して、漠然とでもドイツ民族の精神風土を識ったつもりでいる。

論理的なものが必ずしも理性や倫理観を否定するものではないが、ドイツ民族が持つそういう論理的な思考力が、その後の彼らの社会が、新しい学術的なものや芸術的なものを作り出していったのだ。混沌とし苦悩に充ちた精神状態から、彼らは、人類にとって、より建設的なものを見つけ、作り出そうと思っていたのだ。

ニーチェもその一人だったのか。彼の多くの著書のうち処女作となるのが、二十七歳の時に出版された『音楽の精神からの悲劇の誕生』、いわゆる『悲劇の誕生』である。それ以来彼は、次つぎと問題作を世に送っている。『人間的な、あまりに人間的な』や『ツァラトゥストラかく語りき』など。さらに『この人よ見よ、人はいかにして本来の自分となるか』と、『ディオニュソス賛歌』をと。しかしこの頃になると彼には精神錯乱の徴候が見え始め、母や妹に心配をかけることになる。

またニーチェの考えなり著書は、しばしば「超人」の哲学とか「永劫回帰」の哲学と称されたりする。また「神は死んだ」という発言は、聞く者に衝撃を与え、これには賛同するものもあった。そしてもっと強烈的なことは、後世、つまり一九三〇年代になって、彼の権力意志説が、時の権力者によって都合よく解釈されて、それが利用されたことだ。これは彼の意志に反することだったのか。

そういう彼は、一面、音楽に非常な興味をもち感動もした。特にワーグナーの、そのゲルマン的な作品には、しばしば心を奪われるようなこともあったのだ。それが嵩じて、ワーグナーと交際することにもなるが、やがてそれは破局を迎えることになる。二人とも個性が強すぎたのだ。難しい話はこれぐらいにして、この本では彼の生涯を簡単に追ってみる。

一八四四年十月、ニーチェはライプツィヒからは南西に約十五キロの、リユッツェンの近くのロエッケン村で牧師の子として生まれた。父の名はカール・ルードヴィヒ・ニーチェ、母の名をフランツィスカという。兄弟は三人で、下に妹のエリザベットと弟のヨーゼフがいたが、弟は早く死んで、ニーチェは後年この妹に身辺の世話をしてもらうことになる。

彼はボン大学で神学と古典文献学を修め、二十五歳の若さでバーゼル大学の教授になったのだから、並の人間の頭脳ではない。ただ彼は、子供の頃から躰は弱く、しばしば頭痛や眼病に悩まされた。しかし二十三歳の時、彼はナウムブルクの砲兵連隊に志願して入隊したのだ。

その頃ドイツ（プロイセン）は、フランスとの間で戦争状態突入前夜であったために、彼は愛国心に駆られてのことだった。しかし眼が悪かったために、乗馬しそこねて胸を強打し、以後その治療や失神をくり返すことになった。彼は早くも、肉体的にも精神的にも異状になっていく。

ところがその翌年には、彼は明るい年を迎えた。まずこのとき、ワーグナーの楽劇「トリスタントとイゾルデ」と、「ニュルンベルクの名歌手」の序曲を聴いて大いに感動した。そして事のついでというか、偶然の機会に、そのワーグナーに会うことができたのだ。このときニーチェはワーグナーよりも三十一も若く、まだそれほど有名でなかった彼は、服まで新調してワーグナー邸を訪れたのだ。しかし二人は初対面ながら心は通じ合い、ワーグナーはその芸術観にいたく共感するところとなったのだ。ニーチェにとっては、満足のいく二人の出逢いだったといえる。

一八六九年七月に、「普仏戦争」が始まった。ビスマルクの指揮するプロイセンと、ナポレオン三世のフランスとの戦いである。そしてニーチェはこの時、看護兵として志願し従軍した。

しかし今度は赤痢とジフテリアにおかされて除隊したのだ。もともと兵隊には向かないのだ。しかしこの時の僅かな戦争体験は、のちの彼の哲学的命題「権力意志説」へと発展していくのである。

三十歳代になると、彼は大学教授としてもまた著作の面においても、旺盛に働いた。ところがあれほどワーグナーの音楽に心酔していた彼だったが、それも次第に醒

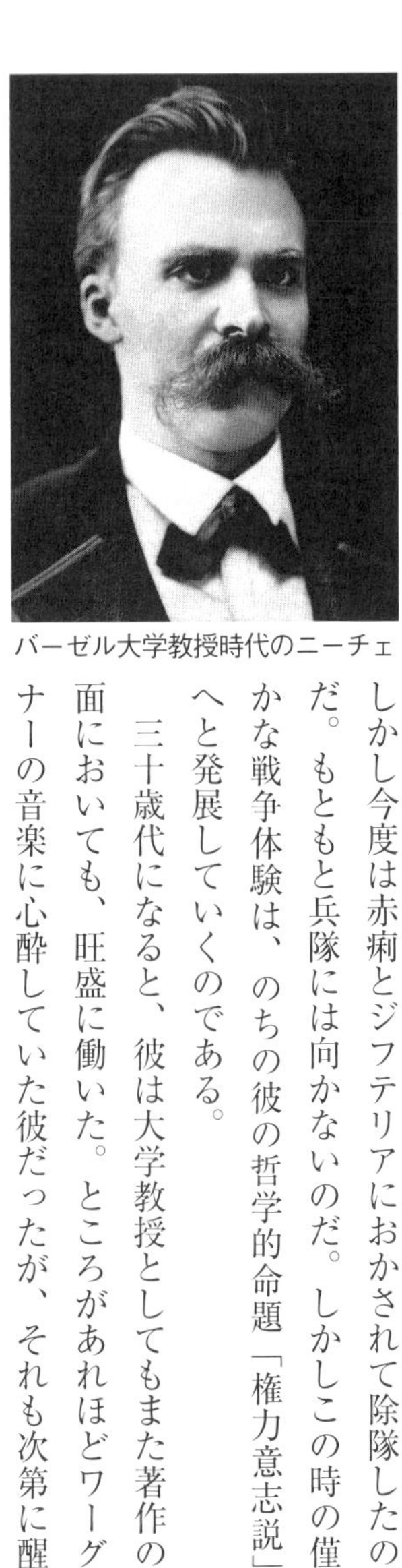

バーゼル大学教授時代のニーチェ

めたものになっていった。その音楽には、時として不満を感じるようになっていったのだ。そして途中でバイロイトの祝祭劇場における、楽劇「ニーベルンゲンの指輪」を聴きに行ったとき、彼は途中でそこを抜け出してしまったのだ。ワーグナーの音楽を、もはや受け入れることができなかったのだ。そこに彼の人間性にも俗物的なものを見てしまったのだ。その後彼とは決別することになる。

ニーチェの精神的な病いの徴候は、四十代の半ば頃から出始めている。そして狂人扱いされ始めた頃には、脳軟化症と診断され、四十五歳のときには、バーゼルの精神病院に入院させられた。そのときの医師からは、進行性麻痺症と診断されている。そのあと彼は、生地のロエッケンに近いナウムブルクの母の許に引きとられ、そこで療養することになる。

また彼は人並みの人間であるから恋もした。若い時には学校の下級生や、劇場の女優に対す

る憧れもあった。また三十を過ぎた頃にはルーリサロメという女弟子にも恋心を持ったが、いずれも実らなかった。彼の女性観には、女は女らしくという偏見があったからか。

五十代になって、ニーチェの病状は悪化の一途を辿った。かつては冬はモナコ、夏はスイスのシルス・マリアなどで過したこともあったが、今ではもう外出もできないほどに病状は進んでいた。そして母が亡くなると、彼の意識も無感覚なものへと変っていく。

やがて妹のエリザベットが彼を引き取り、ワイマールに移る。そこは広い二階家で、彼の症状もいくらか落ちつき、顔の表情も童心に帰ったように穏やかだったという。そして二階のヴェランダから、西の空に落ちていく夕陽をいつまでも見とれていたのだ。彼にとっては、人生の最後の至福のひとときだったのだ。

一九〇〇年八月二十五日の正午、ニーチェは肺炎を併発して死んだ。五十六歳の劇的な生涯の終りだった。


いまロエッケン村は、街道筋の静かなたたずまいの中にある。人口も戸数も少ない。街道の右手に、村の中心部に至る小さな道がある。そしてその正面に、これまた小さな教会が見えてくる。ニーチェが生まれたところだろう。周りには木立の間に数軒の民家があるだけだ。

教会には鐘楼もあり頑丈な石造りになっているが、色も黒ずんでいていかにも古そうだ。おそらくニーチェの頃も、そのままの姿だったのだろう。父親が牧師だったから、一家の住居はその裏手にあった。しかしその父親は、ニーチェが五歳のときに死んでしまう。そこで家族は、ナウムブルクへ転居したのだ。だからロエッケン村での彼の記憶は、それほどはっきりとしたものではなかった。

教会は、入口の戸の木枠はいびつに傾き、白いペンキも禿げている。ただその周りには、最近何かの祭事があったのか、白い飾り紐がめぐらされている。ここの住民が、いまだにこの教会を使っているということである。ところがその建物は、石で造られた外壁よりも、木造の内部のほうがずっと痛みがひどいのだ。

正面の祭壇の周りこそ、最近になって修理がほどこされたと思われる塗装の白さも見られるが、二階への階段やオルガンなどは、塗装も禿げて壊れかかっている。それにプロテスタント特有の、なんの飾りつけもないのだ。さらに祭壇の正面にはキリスト像もなく、両脇の小さな窓にはステンドグラスも嵌っていない。いかにもみすぼらしく侘しい。しかし現在もなおこの教会が使用されているところをみれば、村びとの信仰心だけは厚いのだろう。そう推察したい。

教会の裏手には、屋根裏つきの二階建ての家屋があり、そこがニーチェの生家だと言われている。建物は新しく、近年に建て替えられたようだ。周りには鉄柵がめぐらされ、門は固く閉ざされているので近づくこともできない。ただニーチェの家族の墓は、教会の横壁に沿ってある。家族とは、彼の両親と妹の墓もということである。

教会から出て、その周りを一巡して彼らの墓の前に出たとき、私はびっくりした。こんな処

教会の壁沿いにあるニーチェ一族の墓。左からニーチェ、妹エリザベット、両親（著者撮影）

に、と思ったのだ。墓といっても、ただ棺がそこに置いてあるという感じなのだ。それも墓地というのではなく、教会の横壁の下に、何気なくひっそりと。ニーチェの墓ともなれば、しかるべき処に、もっと立派なものにと思ったのだ。私はある意味で、感に耐えなかった。

三つの墓は、左からニーチェ、妹、両親という順になっている。両親のは下に父親、上に母親と死んだ順になっているのか。妹のが真ん中というのは、彼女は兄を葬ったあとに、自分は両親との間にそこに入るという考えからだったのか。兄には両親の面倒などみれないと思ったのか。私は思わず苦笑してしまった。

三つの棺は、地面からさほど高くないところに横たえられ、いずれも赤い石の蓋に覆われている。やや古く感じられる両親の墓に倣って三体とも同じ大きさ、幅が約一メートル、長さが二メートルに揃えてある。ニーチェの棺には、「フリードリッヒ・ニーチェ」と、妹のには「エリザベット・ホスター・ニーチェ」とあり、それぞれに生年と没年が刻まれている。南向きの、明るい陽差しの下にある。

これがドイツの偉大な哲学者の墓だった。そしてその思想は、後年、独裁者としてはあまりにも異常な存在にあった男の魂に執拗な衝撃を与え、それがまたヨーロッパの大地に、未曽有の災禍をもたらすことになったのである。ニーチェははたして、そこに至るまでのことを予感できただろうか。余人には分からない。ニーチェに尋ねるしか。

このロエッケン村がある同じリュツェン地内には、もう一人の人物の墓ではなく、霊廟があるので、そこへ寄ってみたい。その名を、スエーデン王グスタフ＝アドルフと言う。

十七世紀の始め、スエーデンは強い軍隊を擁していた。そしてしばしば、北方から海を渡ってポーランドやドイツに侵攻してきた。それを率いていたのが、国王グスタフ＝アドルフだったのだ。このとき王の軍勢は、リュッツェンの地でボヘミアの軍勢と遭遇した。戦いは激しい白兵戦となり、両軍の人馬が入り乱れての壮絶なものになった。

ところが剣を抜いて打ち合い、敵も味方も分からぬ状況の中で、王は落馬して馬もろとも倒れこんだのだ。そしてその上に、王を護ろうとする兵士と、そのとどめを刺そうとする兵士が、

リュッツェンの戦い（カール・ウォールボム画）

両軍入り乱れて小山のように覆いかぶさった。そんな中、王はもがくこともどうすることもできずに、息絶えたのである。高貴な英雄の死だった。

後世ドイツ人は、この北方ゲルマンの王にしてキリスト教プロテスタントの庇護者でもある彼に、死後になっても深い哀悼の想いを寄せていたのである。いま、街道沿いの小さな村の中に彼を偲ぶ廟があり、スエーデン国旗が描かれた説明板が設けられている。ドイツ人好みの王だったのだ。

六　ウィーンの中央墓地　ベートーヴェンの墓

旅行会社のパック・ツァーで、オーストリアのウィーンへ行くと、その最後の日に飛行場へ向かう途中で、時間に余裕があれば、ガイドが気を利かして中央墓地へ寄ってくれることがある。観光客にとっては予定にはないコースなので、得をしたと歓声をあげることにもなる。

市の中心部から南東に七、八キロ。空港へ行く途中にあり、また地下鉄の駅も墓地の正門近くにあるから便利だ。墓地は広さが二キロ四方というから、その大きさがうかがえる。もともとはそこにあっただろう墓地は、一八六〇年代の末から七〇年代の初めにかけて整備されて、一八八一年には、現在の区画とほぼ変らないものにできあがっている。

墓地は周囲に十一の門をもち、市電が走る表通りには四つの門がある。そのうちの一番右にある第一の門を入ると、左手に一本の道が、真っ直ぐ奥にまで伸びているのが見える。ところがそれが、初めてなのに見覚えがある道なのだ。確かにそれは、多くの人びとにとっては、見覚えのある懐かしい道だった。

そうなのだ。あの映画「第三の男」のラストシーンで、殺された愛人の埋葬に立ち合った女

ウィーン中央墓地の並木道（著者撮影）

性が、画面の一番奥から歩いてきて、門の附近で待っていた愛人の友人、つまりジョセフ・コットンの前を、彼には目もくれずに冷たく無表情に通り過ぎ、画面の右端に消えていくという、あれである。

それはさておき、墓地へはやはり、第二の門の、中央の正門から入るのがよい。すると正面に真っすぐ広い道が通り、遙か彼方に白亜のドーム型の巨大な教会を見ることができる。カール・ルエガーの名を冠したカール・ボロメウス教会である。門を入るとすぐ右側に、石造りの頑丈な管理事務所の建物があり、二階の受付へ行く。そこで墓地の案内図や、部厚いパンフレットなどを受けとる。親切な小母さんである。墓地へは空きがある限り、誰でも入所できるとのこと。

広大な墓地は、番号を打って区割りがしてある。始めに大まかに十四に分け、さらに細かく一七〇ぐらいまでに番号が打ってあるのだ。番号は順序よく、目的の墓所には迷いなく行ける。そして中央の通りの左側、三十二番にあるのが、ウィーンの音楽家たちの墓の集まりなのだ。そこには特別な処らしい雰囲気がある。

ベートーヴェンの墓（著者撮影）　シューベルトの（墓著者撮影）

墓地の周りには葉を繁らすような大きな立木はないから、いかにも明るい。音楽家たちの墓地の背後には、背の低い立木が、垣根のように巡らしてある。そしてその中央に立つのがモーツァルトの碑であり、その左側うしろにベートーヴェン、右側にシューベルトの墓がある。どれも丈が高く立派なもので、手入れが行き届いている。シューベルトは、自分が死んだらベートーヴェンの横に埋めてほしいと遺言していたので、そのとおりになった。

モーツァルトのは、これは墓ではなく碑なのだ。よく言われているように、彼が亡くなったとき、その遺骸はこの墓地に埋められた。しかしそれは、無名の市民とともに共同墓地に、その名も記録されることもなく、無造作に埋められたのだ。だから今となっては、彼のことを示す墓など確めることなどできないのだ。

ところが近年になって、墓地の中の或る場所を掘り起こし、そこにモーツァルトのものと思われる遺骨を発見したという。それも確かにそうらしいと。俄かには信じがたい話だが、その後どうなったかは聞いていない。難しい話だ。

墓地の中でもその三人は別格なのか、そのほかにブラームスやヨハン・シュトラウスなど、おそらく三十人ほどの墓が立ち並ぶが、それらのことごとくが、狭い空間を置いて、三人とは対面するように半円形を作って立っているのだ。これには頬笑ましく、また可笑しかった。

花の都がパリなら、ウィーンは音楽の都である。彼らは生地を離れ、ここウィーンで活躍したのだ。音楽の仕事をするには、ここがいちばんいい場所だったのだ。


墓地が整理されてから百数十年が経っているので、中には棺を覆う石の蓋が破損しているのも随所にみられる。ニーチェの墓と同じように、土に埋まっていないものもかなりあるのだ。そういうのは、もう遺族もいないのかもしれない。

ところがここには、もう一か所重要な場所があるのだ。正門を入ったときに、遠く真正面に見えたカール・ルエガー教会である。ルエガーとは、一体どういう人物なのか。その彼こそが、近代のウィーンの市街地を再開発して、市民に対しては手厚い福祉政策を行った、いわばウィーンの名市長なのである。

彼は貧しい家庭に生まれたが、ウィーン大学を卒業してからは政治家を志した。それも民衆の側に立っての。ウィーン市会議員を経て、オーストリア議会議員となって、市長になるまでの彼の遍歴には、激しい紆余曲折があったが、ウィーン市長になってからでも、その改革への情熱は持ち続けたのだ。

カール・ルエガー

一八九七年に市長になったカール・ルエガーのやった多くの事業のうち、その二、三をあげてみる。まず彼は、ウィーン市内に市街電車網を張りめぐらして、線路をいたるところに敷いたのだ。それをシュトラーセという大通りだけではなく、ガッセという狭い小路にも入りこんで、市民の足として十分にその機能を発揮したのだ。彼らが喜んだのは言うまでもない。

つぎに彼が行ったことは、市街地に明るい街灯、つまりガス灯を多く設置したことである。これで人びとが行き交う夜道も安全になり、夜間の犯罪も少しは減った。だいいち、街灯の美しさに市民は喜んだのだ。そして街灯の次は水道だった。庶民の生活にとっては、むしろこのほうが重要だった。ルエガーは水源地の確保と水道管の大々的な延長工事を、後世に至るまでの遠大な計画を立てて行ったのである。

彼はそのほかにも、青少年のための教育問題、病院や福祉施設などの充実にと、市民のための施策を次々と行った。ウィーンはこの時代、ルエガーの情熱的な政治活動によりずいぶんと変った。それを皇帝や上流階級の人びとのためにではなく、一般市民である、ウィーンの市民のために行ったことに、大いに意義があるのだ。一九〇〇年の初頭から、彼が亡くなる一九一〇年頃までのことである。

いまリンクの電車通り沿い、すなわちオペラ座から東北に八百メートルほど行った左側の小さな広場に、ルエガーの、台座の高いブロンズ像が立っている。彼の顔の表情は、そこが高すぎてさだかではない。しかしその台座の周りに彫られたウィーン市民の群像は、はっきりと見てとれるのだ。それはヨーロッパの各地にある、皇帝や将軍たちに従った廷臣や兵士の姿ではなく、当時のウィーン市民の、市街地建設のために肉体労働をしている姿だった。彼らは上半身裸になって鶴嘴（つるはし）をふるい畚（もっこ）をかついでいる。それはルエガーの方針に賛同して、積極的に協力している市民の姿だったのだ。まるで政治家のお手本を示すような、彼の生涯を写し出している、そのブロンズ像なのだ。

カール・ボロメウス教会

カール・ルエガー教会は、墓地での葬儀用の教会でもあるのだが、その建物の地下には、ルエガーの棺が収められているる。地下墓地とでもいうのか。そこを訪れてみる。建物はドーム型で高く、横に連なる建物などはない。ヨーロッパに多くある、尖塔型の教会ではないのだ。

教会の内部の一階は、ドーム型なので、祭壇の前の信者の席も半円形になっている。エレベーターで地下に降りると、そこにはガラス張りの大きな部屋が中央にある。ホールにはあとは何もない。つまりそこは、ルエガーの遺体安置所なのだ。ボタンを押すとライトが点り、白い巨大な大理石の石棺がガラス部屋の中に浮かび上がる。それは目に目映いばかりの明るさだ。これも観光客向けなのか、そこまでやる必要があるのか。これでは彼もゆっくりと眠ることもできない。

ヨーロッパの教会には、これと同じのがあちこちにある。中央の祭壇画や周りの彫刻を見やすくするためのものだが、ルエガーははたしてそれを望んだのか。彼は民衆とともに生きた政治家である。ルエガーは王侯貴族ではなかったはずだ。それに人間は死後土に帰るものなのだ。それが自然の姿だと思うのだが、どんなものだろう。

ウィーンは所詮観光都市か。

七　ヒットラーの両親の墓

ヒットラーの両親は、ともにオーストリア奥地の田舎に生まれた、ごく普通の夫婦だった。夫のアロイス・ヒットラーには特別な才能があるわけでもなく、子供の頃には父親に連れられて、その地方を何回か移動して住んだことがある。しかし本人は実直で、青年時代にはウィーンへ出て、オーストリア政府の公務員にまでなった。努力家だったのだ。

母のクララも、アロイスと同郷の田舎の娘で、若いときにはウィーンへ出て、家政婦として働いていた。アロイスとは従兄妹の子という関係にあり、のちに彼の三度目の妻となった。素直な性質(たち)で、ウィーンで生活していただけあって少しはセンスがあり、結婚してからでも、周囲の小母さんたちとの交き合いも評判がよかった。

二人が生まれ育ったのは、オーストリアの北部のニーダー・エステライヒ、すなわち低地オーストリアという地方だった。そこの一部をヴァルトフィルテルの森林地帯と呼び、オーストリアの中では僻地にある。チェコとの国境まであとわずかの地点である。いちばん近い都市リンツからは今でも鉄道もなく、自動車で行くしかない。近くにヴァイトラという小さな町があり、その周辺十キロの範囲内にヒットラー一族の発祥の地があるのだ。ヴァルテシュラッグ村とシュピタール村である。

ヒットラーの父アロイスは、十三歳のときに村を出た。村にいては食っていけないからだ。そしてウィーンへ行ってからは一生懸命勉強した。始めは靴屋の見習いとして職にありついたが、次には王室税関の国境警備隊の隊員という、思わぬ仕事に就くことができた。これはただの仕事ではない。王室税関吏という、庶民には十分に権威ある身分を伴うものである。

その後のアロイスには運も味方した。職場は転々としたが、位は上がった。その間に結婚もした。しかし最初の相手とは二十年もたって、子供もなく離婚したのだ。そのあと彼女は間もなく死ぬという不運に見舞われた。不幸な女だった。

二度目の結婚の相手はホテル勤めの女性だったが、彼女との間には今度は子供が生まれたのだ。男の子と女の子だ。これがヒットラーの腹違いの兄と姉ということになる。兄の名をアロイス・ヒトラー二世、女のほうはアンゲラ・ヒトラーとなる。なお二人の名はヒットラーとは違う発音になるが、田舎ではよくあることだという。ヒットラーの先祖には、ヒードラーやヒュートラーという名の人物もいる。村の教会など、いい加減なことをやっていたのだ。それを互いが、気にもしていない。

アロイスの子供二人を産んだのは　フランツィスカだったが、彼女はアンゲラが生まれてから間もなく病気で亡くなってしまった。幼い子供と赤ん坊をかかえて、アロイスは途方に暮

父アイロス・ヒットラー

母クララ・ヒットラー

れてしまった。それでというわけではないが、彼は三度目の妻に、故郷シュピタール村の娘クララ・ベルツルを選んだのだ。これがヒットラーの母親である。話はややこしい。

このときアロイスは四十八歳、クララは二十五歳の若さだった。親子ほどの年の開きはあるが、二人は初対面ではない。じつは彼女は、五、六年前にアロイスの家に、家政婦として、一つ屋根の下で暮らしていたこともあり、それに彼女はどちらかといえば仕事好きの女だった。

一八八五年一月、二人はオーストリアとドイツの国境の町ブラウナウで式をあげた。クララにとっては、その日から、ほかの女との間にできた子供二人をかかえての、新婚生活が始まった。そしてすぐに、彼女はアロイスの子を産んだ。しかも三年余りの間に三人もである。ところが三人が三人とも、虚弱なため長いので二年半、短いので数日で死んでしまったのである。だからヒットラーが二人の間の第四子として生まれたときには、三人はすでにこの世にはいなかったのだ。

そして一八八九年四月二十日に、アドルフ・ヒットラーが生まれたのだ。場所はブラウナウ。町の西側に流れるイン川を挟んで、対岸はドイツ領である。今でも中世のたたずまいが残る、美しい町だ。だがこの町も、もともとはドイツ領だったのだ。だからウィーンよりも、ミュンヘンの影響が強いということにもなる。

赤ん坊は二日後には町の聖シュテハン教会で洗礼を受け、アドルフと名づけられた。ここにアドルフ・ヒットラーの名が、歴史の片隅に小さく記(しる)されたのである。アドルフ——。このドイツ人らしく響きのよい名を、どういう思いでつけたのだろう。アドルフというのは、誉れ高き狼という孤高な姿を現している言葉なのだ。それはまさに、のちのヒットラーの姿そのものである。

一歳頃のヒットラー

アロイスの税務官吏としての仕事場は、ブラウナウの町の中ではなく、イン川の対岸、ドイツ領のシンバッハの町にあった。イン川は川幅が広く、百二十メートルぐらいか。税関事務所は橋の袂に立つ三階建ての建物。アロイスは毎日、この建物に出入りしては、飽きることなくそこを通る砕石運搬船や貨物船、それにイン川の川面を見つめる。そして朝夕のきまった時刻には、ブラウナウの大通りを闊歩する姿を人びとは見ることになる。

一方のクララは、三人の子供をかかえながらも、生活は切り盛り上手だった。村での恵まれない生い立ち、ウィーンでのつましい都会生活。しかしそうした体験を経たうえでの彼女の楽天的な性格が、一家をともかくも丸くおさめた。その中で、虚弱体質かと心配されたアドルフだったが、意外にもくるくるとした、目の可愛いい坊やに育っていったのだ。

アドルフが生まれた三年後に、家族はドイツのパッサウに引っ越した。アロイスが上級税関監督官に任じられての赴任によるものだった。彼の律儀で意志の強い性格が、下級官僚ではあるがおのれの行きつくことができる、最高の地位へと昇っていったのである。その点はクララも満足だった。

パッサウはイン川を東北に向かって約五十キロ、ドナウ川との合流地点にある。ドイツのバイエルン王国の領地だ。二つの川が交わる三角地帯に民家が密集し、対岸の壁のような岩石が、川べりまでその裾を拡げている。町の中心部には、三つの塔をもった大聖堂の重厚な姿が他を圧している。町は賑やかで活気がある。

アドルフが五歳になった一八九四年の三月に、弟のエドムントが生まれた。ところがそんな慌しいなかで、今度はアロイスのリンツへの転勤が決まったのだ。彼はクララの妹のヨハンナにあとを頼んで、リンツへ向かった。ドナウ川の対岸の、道の反対側に倉庫が建ち並ぶ、場末の、住宅地とはいえない一郭に住むことになった。

ところが翌一八九五年になると、一家はまた引っ越しの準備に追われることになる。この年アロイスは、すでに五十七歳になっていた。少年の頃村を出て、幸運にもオーストリア帝国の官吏の職にありついた彼の立身出世ぶりは、一族の中では際立ったものがある。しかし四十年近い歳月に、彼はようやく疲れを感じ始めていた。

この年には、ちょうど勤続四十年になる。予想される退職金の計算もしてみた。一家の生活を支えるには十分な額だった。彼は決心した。来る日も来る日も、川の流れを見ているだけの生活には飽き飽きした。できることなら、広大な大地を眺めながらの暮らしをこの先してみたい。それに家族を養うには、農場も手に入れたい。リンツに独りわびしく毎日を送りながらも、彼はそんなことを考えていたのだ。

そしてその年の春、ヒットラー一家は広大な大地の農園主たるべく、引っ越しを始めたのだ。場所はリンツから南西に約四十キロ、ランバッハの町を南に四、五キロ上がった田園地帯だった。村の名をハーフェルトという。ところがそこは、それほど広大な大地とは言えず、農園の広さも大地主が有するものとは程遠いものだった。しかしアロイスがやがて手にする退職金の額からすると、それがちょうどよい広さだったのかもしれない。

アロイスは退職して、いよいよ待望の恩給生活に入った。土地も家も手に入れて、家族と一緒に暮らせることは、彼にとっては最高の喜びだった。シュピタール村を出て以来の自分の人生を、どう思っただろう。何事もまったく満足のいくことなどありえないこの世の中で、彼は妻や子に対しても、家長としての努めをほぼ果たしたと思ったに違いない。アロイスは典型的なドイツ人だった。

アドルフ坊やは次第に少年の面影をもつようになり、姉のアンゲラと一緒に村の小学校に通うようになった。ところが或る日、屋敷の裏手にある小川にアドルフが落ち、流れの早い水に溺れたのだ。しかし彼はすぐに助けられた。運がよかったのだ。後年彼は、度々暗殺計画に見舞われることになるが、そのことごとく、それは未遂に終わっているのだ。

翌年、妹のパウラが生まれた。顔は父親に似て女にしては鈍い感じがしたが、気だては優しかった。母親に似たのだろう。そんな頃、アドルフの異母兄として一緒に暮らしていたアロイス二世が、突然家を出ていった。彼は不満だった。アドルフが成長するにしたがって、継母のクララが自分の子供ばかりを可愛いがっているのを。それに彼は十四歳になっていた。父がシュピタール村を出ていった年でもある。家庭はすべてが円満にとはいかないものである。

自分の農園をもち、人生をもう暫く充ちたりたものにしようと夢見たアロイスだったが、その情熱は長くは続かなかった。それに期待していた息子の家出は、やはり彼にはショックだった。ゆくゆくは自分のあと継ぎにと、農園も家も譲るつもりでいたのだ。

一方で彼は、アドルフに農園を継がせる気持ちは毛頭なかった。彼はすでに、二人の兄弟の性格を見抜いていた。下の息子には別の道があると。アドルフはやがて、オーストリアの下級官吏として、自分よりも高い地位に就く人物になることを夢見たのである。

農園主として、少しは実のある仕事がやれると夢見たアロイスだったが、結局それは諦めた。それにアドルフをこのまま、教室が一つしかないような学校に通わせておくことはできなかった。そこでその辺りでは一番大きな町ランバッハへの転居を決めた。そこには生徒も百人余りと、教会の附属の立派な学校があった。

ランバッハはリンツからザルツブルクへ向かう街道の途中、約四十キロの地点にある。すでに鉄道も敷かれて交通の便もよい。教育上によいと、クララとそれにアドルフも喜んだ。彼は音楽が好きで、修道院の附属聖歌隊に入った。神父のベルンハルト・グレーナーがオルガンを弾いたが、彼はバッハやハイドンばかりを教えるのではなく、シューベルトやグノーの「アヴェ・マリア」を彼らに教え、それを歌わせた。このときアドルフは、かつて経験したことのない感動に身を震わせていたのだ。新しい目覚めだった。

ところがアロイスは、またもや次の転居先を考えていた。決めたのはリンツの郊外レオンディング村。そこにふたたび土地付きの家を買い、今度こそゆったりとした気分で、先の短い人生を過ごそうという彼の魂胆だった。一八九九年の二月のこと。アロイスは六十歳、アドルフは十歳になっていた。

リンツはドナウ川の南に広がる、オーストリア第三の都市だ。この国のどの都市もそうであるように、ウィーン以外はその規模は小さかった。リンツも例外ではない。ドナウ川に架かる橋の南側にハウプト広場があり、そこから南に一直線に延びていくのがラント通りで、町の主だった建物がその西側に立ち並ぶ。全般に平坦な地形の上にあるが、西側にやや低い丘をもつ。レオンディング村は、その丘を越えた西側にあった。

そこは土地も肥沃で、広大な小麦畠が西の方角に向かってゆるやかに降りていく。そこはまたリンツの富裕な人びとの別荘地でもあったのだ。緑の映える小麦畠の中に彼らの屋敷が点在し、その赤い瓦の屋根が、明るく広々として景色の中に、一層の色どりを添えていた。

アロイスの家は、彼らのと比べるとそれほど大きくはない。しかし周りの庭は、十分の広さだった。ただ難を言えば、家の前が墓地だったのだ。墓地は教会の大きさから比べると不釣り合いなぐらい広く、それは墓地というよりも公園だった。各々の墓前に供えられた色とりどりの花は、まるで花壇の賑わいだった。

アロイスは、墓地などたいして気にもとめなかった。それどころか彼は、やや高台にある教会の背後に立つ塔の美しさに見とれたぐらいだった。それよりも彼には別の感心事あった。この村にきて早々、自分が以前から捜し求めていた、穴ぐらのような居場所を見つけたのだ。

墓地の近くに一軒の酒場があった。店の名をシュティフラー亭という。この辺りには一軒しかない店だったから、自然に村の男たちが集まる。アロイスもほどなくその輪に加わった。するとその雰囲気がすぐに変った。アロイスは何といっても、オーストリア国家の元官吏である。そのあたりの男たちとは格が違ったのだ。

やがて村の公式行事などに、アロイスは軍服に似た官吏の制服に、いくつもの勲章を胸につけた姿で出席するにおよんで、男たちは次第に畏敬の気持ちで彼を見るようになった。こうして彼は、毎朝悠然とした態度でシュティフラー亭に現われた。そして店の片隅に腰を下ろし、一杯のビールかワインを飲みながら、新聞を読み始める。そしてオーストリアの将来と、もう一つアドルフの将来を想うのだった。

レオンディングに引っ越してきた翌年の二月に、アドルフの弟エドムントが死んだ。子供たちのひ弱な体質は、母親のクララゆずりだったのか。彼女の悲しみは、見るも哀れだった。ところがまた一方では、アドルフがリンツの中学校に通うことになった。四キロの道のりをアドルフは背嚢を背負って歩いた。顔は次第にませてきた。

ところが或る日、突然の悲劇が訪れた。冬の日の朝、アロイスはシュティフラー亭に向かうために家を出た。そこにはすでに、仲間たちの何人かがいた。ところが彼は、テーブルの上に置かれたグラスを手にするかしないうちに、顔をうつ伏せにして倒れた。グラスのワインがテーブルの上を赤くしたので、男たちがすぐに立ち上がってアロイスを介抱した。

男の一人が医者を呼びに走り出した。しかしその時には、すでに事切れていたのだ。アロイスは、妻や息子に遺す言葉もなく死んでしまった。六十五歳の生涯だった。病名は肺胸膜出血と診断された。アドルフが十四歳。一九〇三年一月三日のことだった。

翌々日、アロイスの亡骸は自宅前の聖ミヒャエル教会の墓地の、杉の木の下に埋葬された。

彼にとっては、父や先祖の男たちと比べても、ほぼ納得のいく人生だったのだろう。

一家の柱を失ったヒットラー一家が、すぐに生活に困ることはなかった。アロイスが残してくれた退職金などが、十分にあった。だが家族は三人になってしまった。アドルフの姉のアンゲラが結婚して、リンツへ移ったからだ。クララとアドルフと妹のパウラの三人は、当分つつましく暮らし始めた。

しかしそれも暫くの間で、やがてクララは妹のヨハンナの助言もあって、リンツの市内に引っ越すことになった。子供の教育などから考えて、そのほうがよいと思ったからだ。その引っ越し先は、フンボルト通りに面した共同住宅の三階だった。目抜き通りのラントシュトラーセから一本入った処だ。

ところがこの都会での生活が始まると、息子のアドルフが我儘を言いだした。まず今まで通っていた実科学校をやめてしまったのだ。彼は彼なりに自分の将来を考えてのことだ。そして漠然と芸術家になることを夢見ていた。それも音楽家か画家になるという、個性的な夢だった。

この頃彼の新しく友人になったのが、アウグスト・クビツェクという青年だった。じつは彼がチェコ人だったので、クララはその付き合いに不満だったが、アドルフはそんなことには頓着なく、二人で夕暮れ近いラントシュトラーセを行き来した。二人の話の共通点は音楽だった。

リンツ市ウルファールにあるヒットラー一家が住んでいたアパート。バルコニー右側の部屋でクララは息を引きとった（著者撮影）

ところがクララは、フンボルト通りの共同住宅が気に入らず、今度はドナウ川の対岸にある住宅地に引っ越すことになったのだ。アロイスの引っ越し癖がクララにうつったようだ。しかし住宅地としては、こっちの方が高級だった。そこでアドルフが言いだした。クララに、ピアノを買ってくれとせがんだのだ。そしてそのとおりになった。クビツェクもそのピアノを弾くことができた。

しかし二人の友情関係も間もなく終り、クビツェクはウィーンで音楽を勉強するために去って行った。そしてアドルフもその後を追ったのだ。彼はそのウィーンに約五年間居た。そして絵画学校の受験に失敗し、その後は居住地を転々とし、その間に反ユダヤ思想に染まっていったが、その経過については世に広く喧伝されているとおりである。

ところがここで心配なことが起こったのだ。アドルフがウィーンへ行く前に、クララはすでに病いにおかされていたのだ。初めは妹のパウラと叔母が付き添って、町の医者に診てもらった。そして乳癌ということが分かったのだ。母を診察したのはユダヤ人医師のブロッホ博士で、名医ではないが貧乏人の患者をよく見ることで評判の人物だった。

ウィーンから一時的にリンツに帰ったアドルフは、ブロッホ博士を訪ねた。そこで母の病気は、殆ど望みがないことを知らされたのだ。彼は悲しみに打ちひしがれた。その彼女は患部の痛みにたえながらも、アドルフには時どき笑顔を見せた。その力ない頬笑みが、よけいに優しく思えた。彼はなるべく傍にいてやった。

ある冬の日の朝、まだ夜が明けきらないうちに、クララは息を引きとった。最後まで苦しみぬいて顔をゆがめていたが、死の瞬間にはほっと息をついて穏やかな顔になった。アドルフとパウラ、それに妹のヨハンナ、そしてアンゲラが駆けつけて、クララは家族の皆んなに見とられて死んだのだ。四十七歳の生涯だった。一九〇七年十二月二十一日のことである。

翌日クララの亡骸は、馬車に乗せられてレオンディングの聖ミヒャエル教会に向かった。そこで神父による簡単なミサが行われ、そのあとは墓地に運ばれ、アロイスの棺の横に埋葬された。夫婦は四年振りの再会となった。道の向こう側には、かつて一家が暮らしていた赤い瓦の家が、一軒だけぽつんと、どこか侘しげに立っていた。

翌日、アドルフはブロッホ博士を訪ねた。そして今までの治療代を支払い、丁寧に礼を述べた。彼は母へのその処置に、十分感謝していたのだ。

そのブロッホ博士は、後年ユダヤ人という理由で国外退去を命じられることになる。国の方針ということであれば、ヒットラー自身もそれを曲げることもできなかった。しかし彼は、この恩人には出来るだけのことはした。博士がスイスへ亡命することになったとき、彼は親衛隊の将校を遣わして、彼を鄭重に扱って国境の向こう側に送り届けたのである。

私はこのレオンディング村を二度訪れた。そして二度とも、ヒットラーの両親の墓を詣でたのだ。村人にそのありかを尋ねたとき、若者が笑顔で、親切にそこまで行って教えてくれた。或る村びとは言った。「ヒットラーはドイツへ行ってから悪くなった」と。そこには、彼に対してはむしろ好意的な思いが込められているような感じさえする。

墓地は教会の正面の入り口からではなく、反対にある裏口から入っていく。門などというものもなく、そこを巡らしている柵なども低く、墓地全体は外からでもまる見えの、公園のような広がりを見せている。それにこの日は日曜日だったのか、小母さん連中が七、八人も附近にたむろしている。とそこには花屋の小さな店があり、彼女たちはそこに群がって談笑しているのだ。春の陽を浴びて、いかにも明るくはしゃいでいる。

ヒットラーの両親の墓はすぐに見つかった。その在りかは、村びとなら誰でも知っているようだった。高く太い杉の木の下にある。墓石の形は、ヒットラーが若い時にデザインしたものという。両親二人の棺は、縦に並べたのか、土盛りは二メートル弱の幅で、周りには余裕があ

ヒットラー両親の墓。墓標のデザインはヒットラーが考えた（著者撮影）

る。墓石は一メートル余の台座にやや大き目の十字架が直立している。外にはない墓の形である。そして台座には楕円形のプレートが嵌めこまれている。アロイスとクラの名が記され、二人の写真が張りつけてある。キリスト教信仰に対するヒットラーの考え方はともかく、彼は両親には、神の加護を願ってそうしたのだろう。それが人間としての素直な気持だったのだ。

一九三八年三月、ヒットラーはドイツの独裁者としてウィーンに向かう途中、ここへやってきた。そして久し振りに両親の墓前に立ったのだ。帽子をとり、コートを着たままの彼は、我を忘れたようなその表情には独裁者の面影はなかった。その日のことが、まるで昨日のことのように想い出され、悄然としてそこに立ちつくしていたのである。

いま両親の墓は、周りに小さな花が多く供えられ、掃除もゆきとどいて清らかな感じさえする。後ろにある杉の木が、年月を経て大木になっている。ヒットラーが死んで、彼の両親の墓を誰が面倒をみているのかと思ったが、じつは一九七五年に、彼の異母姉の息子が自分の財産を教会に寄付して、永久に管理してもらうことにしたという。

八　ナチス親衛隊員の墓

二〇〇三年の五月、私はミュンヘンの西約六十キロにある、ランツベルクという町に向かっていた。そこの刑務所を訪ねるつもりだった。そのために何の連絡も、また先方の了解もとっていない無謀なものだった。しかし思いたったら止めようもないのが私の性分で、このときも突っ走ってしまった。

刑務所は古色蒼然とした建物で、刑務所というよりも、何か中世のいわくありげな屋敷のたたずまいを見せている。門などというものもなく、また玄関というものもなく、アーチ型の入口は厳重な格子の扉になっているのだ。まさしくこれが刑務所だった。

扉はすぐに開いた。そこはもう建物の中だった。右手に受付のカウンターがあり、係員が二人立っていた。対応はてきぱきと、まさに軍隊の下士官のようだ。さすがはドイツ人だ。私も率直に自分の用件を伝えた。つまり一九二三年十一月九日に、ナチス党によるミュンヘン一揆が未遂に終り、その首謀者が捕えられ、裁判の結果この刑務所に収監されたことがあった。その首謀者とはヒットラーや側近のルドルフ・ヘスらである。

ランツベルク刑務所（著者撮影）

そして彼らの収監中に、ヒットラーが口述筆記をさせて本にしたのが『わが闘争』である。これは世に広く知られているとおりである。そこで私は、彼らのこの刑務所内での生活振りなり、この件に関する資料があれば閲覧したいと願い出たのだ。この突然の申し出に、彼らは一瞬呆気にとられた表情をみせたが、私自身もやってしまったという、いかにも不作法な態度に恥入ったのだ。

しかし彼らは、別に不快な顔も見せずに、一度どこかへ電話をしたようだ。そしてヒットラー時代のものは何もなく、また彼が入っていた部屋は今も使っており、特に外来者に見せるようなものは何もないという返事だった。その話の途中で前方の入口に、突然大きな音をたて鉄柵が天井から降りて、それはこの先は一歩も通さぬという命令のようだった。

そのときは後ろの扉も同じように閉められていた。私はべつに驚くこともなく、刑務所ならこれぐらいのことはやるだろうと思った。

ところが私は、なおも不満の表情をしていたのだろう。するとその刑務官は、私の前にパンフレットのようなものを、二、三枚出してくれたのだ。タオルと石鹸を持参するようにという、入所案内ではない。そこにはこの刑務所の成り立ちと、その後の経緯が写真入りで説明がしてある。ここに私は、思いがけないことを知ることになった。

ミュンヘン一揆で収監されたヒットラーたち

この刑務所は古く、もともとは城塞だったのだ。南北に流れるレッヒ川沿いにあり、背後が崖になった台地の上にある。この一帯は中世からの刑場でもあり、墓地でもあったのだ。敷地は狭く、変形の五角形をした塀の中に建物がひしめき合っている。五面の塀のうち、長い処でも百数十メートルしかない。正面の玄関は、そこが城門ででもあったかのように頑丈な造りで、入口は狭い。ヒットラーたちが入れられた部屋は、窓に鉄格子が嵌った小さな部屋で、粗末な寝台と机があるだけで、これは世界のどこにでもある、刑務所の一般的なサイズだ。

ところがランツベルクの刑務所は、今でも使用されている。

第二次世界大戦直後、バイエルンを始めドイツの南部は、アメリカ軍が占領していた。もちろん刑務所もその管轄下におかれたのだ。そしてアメリカの主導で行われたナチス体制に与したものに対する裁判で、有罪となった人々の多くがここに入れられたのだ。ニュルンベルクやその他の都市で行われた執拗な裁判の結果、国防軍の司令官やＳＳ隊員（ナチス親衛隊）の高級将校や下士官に至るまでもがここに収容された。

犯罪人の量刑には不公平な面があり、またアメリカの高官の中には、裁判という面倒な手続きなどはとらずに、直ちに彼らを処刑すべきだと主張するものもあったが、裁判は続けられ、ランツベルクの刑務所は囚人で溢れかえった。そして時が経つにしたがって、国民の間からは、こうした戦争犯罪人を早く釈放すべきであるという声があがり、また西ドイツ政府と連合国側との思惑もあって、一九五八年になってすべての囚人が釈放されたのだ。

しかしこの間に元ＳＳ隊員、それは将校といわず、下士官や兵士に至るまでの、計百六十二人がこの敷地内で処刑されたのだ。その内訳は、銃殺刑二十五人、絞首刑百六人、その他三十一人と記録されている。いまランツベルク刑務所の隣地に立つ教会の墓地には、その墓がある。

やがて私は〝釈放〟されて刑務所の外に出た。そして説明書のとおりに、彼らの墓を見たのだ。道路との境に低い柵があるだけの処に、教会の建物に沿う細長い敷地の間に、四、五列の、横に長い土盛りの墓とおぼしきものが連なっている。周りには何の説明板も石碑もなく、ただ

ナチス親衛隊員の墓（ランツベルク刑務所資料より）

木の、粗末な十字架がその印として立ててあるだけだ。土の色も黒い、ひっそりとした風景の中にある。そこからは死者の声も聞こえなかった。

一九四五年の五月と八月のあと、戦勝国が敗戦国のドイツと日本の政治指導者や軍人を裁いた。ニュルンベルクと東京で開かれたいわゆる国際裁判については、両国の国民にとっては、いまだに大いに不満の残るところである。しかし今、それをここで取りあげることはない。

ただ私は、ここで偶然知ることになった、ナチス親衛隊員の墓の在りかと、そこに至るまでの経緯を、どうしても読者に伝えたいと思ってここに記述したのである。そこには粉飾はなく、ただ事実だけを記した。

九　ユダヤ人墓地

ヨーロッパの都市には、ユダヤ人墓地が数多くある。それともう一つはゲットーがある。この二つに共通点があるのかないのか、まずそのゲットーから話を進めたい。

そもそもゲットーの語源は、十六世紀初期にイタリアの一地方にあったユダヤ人地区に対して、そう言われたのが初めてだといわれる。ヘブライ語の「絶縁状」からきているというのだ。何となくその意味が分かる。歴史的にはいろいろとその過程があるが、ここでは私がスペインで見たゲットーの一例をあげたい。

場所はスペインの東部。地中海の沿岸にある大都市バレンシャの近くにある、小都市である。その街の背後にある丘陵地には、古代ローマの時代に造られた城壁が、数キロにも及ぶ長さで続いている。ただ今では、その大半が崩れ落ちている。またその下にある丘の中腹には、これも同時代の野外劇場があり、今も使われて、住民にささやかな文化を提供しているのだ。ゲットーはそこへ上がってくる道の途中にあった。地面は少し傾斜になっている。

それほど高くはないが、そこは二メートルほどの壁に囲まれている。外からは住宅の屋根ぐらいしか見えない。塀の壁は白い。その塀は、住宅を四角に囲んでいるようだ。無計画に建てられたものでないことが分かる。多分それは為政者の命令によってだと思う。

スペインは古くから、スペイン人の外に、ユダヤ人やアラブ人が多く住んでいた。それが一四九二年のレコンキスタ（国土回復計画）の達成により、これらの民族にはキリスト教に改宗するように強く求めたのだ。しかしユダヤ教やイスラム教を信じる彼らは、それに応じなかったのだ。そこで特に、ユダヤ人に対する迫害が始まったのだ。世に名高い異端審問の裁きが始まったのは、この時のことである。

改宗を拒んだユダヤ人はいったんは隣国ポルトガルに逃れ、次にはネーデルランド（オランダ）にと去っていった。私が見たゲットーは、彼らがそれまでに住んでいた処なのか。潜り戸のような小さな入口があったので、そこから入っていった。すると狭い道の両側には、白い壁の家々が、隙間もないほどにびっしりと建っている。そしてひと気は全くない。

家々にはもちろん庭も広場もない。これが人間の住む最低限度の広さなのか。やはり彼らは、スペインの為政者によって閉じ込められていたのだ。見るものなどまるでなく、私は別の狭い潜り戸から外へ出た。スペインの中にあっても、ここはやはり閉ざされて、頑なに身を固くしているバリオ（地区）だった。しかしスペインには、アラブ人のゲットーなどというものはない。

塀に囲まれたユダヤ人墓地の内部（著者撮影）

ヨーロッパの都市に、ゲットーと同じようにあるのがユダヤ人墓地だ。旅行会社のパックツアーなどでは、そのスケジュールにはなくても、ついでにといってそこを案内するガイドもいるが、客のほうは余り興味もないようだ。

二〇〇九年の五月に、私はドイツのフランクフルト滞在中に、市内に三か所あるユダヤ人墓地で、いちばん大きいといわれる墓地を訪れることにした。そこは街なかの、それほど広くない道に沿ってあった。一辺が八十メートルぐらい、もう一辺が六十メートルぐらいの矩形の中にある。全体に高さが二メートル以上の壁に囲まれ、ゲットーと同じような狭い入口が二か所ある。扉は鉄柵になっているから、中を覗き見ることはできる。

その中は、一面に芝なのか草なのかは分か

ユダヤ人墓地を囲む塀（著者撮影）

らないが緑に覆われている。そして直径二十センチぐらいの太さの立木が、上の方に葉を繁らせているから、墓地全体は涼し気な感じがする。そして壁沿いには、何十という平たい石碑が苔むしているのが見える。

友人の説明によると、この墓地は何百年か前からあり、現在新しい埋葬者はない。敷地いっぱいに棺が埋められ、それが何層にもなっていて、いったいどれだけの人間の棺があるかの想像もつかないという。ゲットーと同じように、彼らは限られた土地を所有することしか許されなかったのだ。ひと気も亡者の姿も見えないこの墓地の風景を、何と表現してよいのか。ただ扉に鍵がかかっているのを見れば、管理人がいることは事実だろう。

道路の片隅に小さな店があり、ユダヤ教の小物を売っているようだったが、そこへは入る気

塀に外側に張られた死者のプレート（著者撮影）

にもなれなかった。ただ墓地を囲んでいる塀の外側を見ると、私はそこに以外なものを発見したのだ。塀の、ちょうど人の目の高さに、何やら鉄のプレートがいっぱいに嵌め込んである。そしてその煉瓦ぐらいの大きさのプレートには、人の名が刻まれているようだ。

プレートは五段にわたり、それが四方の塀全体に埋めこまれている。おそらくその数万か。それが歩道を歩く人びとに向かって、何ごとかを訴えているのか、私は丹念にその一つ一つを見て歩いた。

氏名と生年月日と死亡年月日。それに死亡場所と。中には死亡年月日が分からないものもある。そして死亡場所はアウシュヴィッツが多く、中にはリガというのもある。リガとはバルト三国のうちのラトビアの首都である。この壁とプレートは、そこを通る人びとには、たしかに訴えることができる。そしてユダヤ人の怨念と執念の激しさに、辟易する人びともあるようだ。

日本でもこれに似たのが沖縄にある。「平和の礎（いしじ）」というのである。沖縄に限らず、東北や各地で起こった災害の犠牲者を偲んで、遺族が碑に故人の名を刻んだ銘板である。しかしそれは、あくまでも遺族向けのものなのだ。また広島の原爆被爆者の名簿にしても、外に向かって大々的に開示するものではない。そして東京大空襲の被害者名簿が、アメリカ大使館の前に張り出されることもないのだ。しかしそれでもって、加害者が赦されるということでは、もちろんない。

この二つの事例の背景には、政治的なものや、現在の両者の力関係など複雑な問題が絡み合っていて、率直な感想を述べることさえできない面がある。

しかし自分たちが受けた被害を大々的に喧伝し、加害者に対して多額の賠償金を今にいたるまで求めているのと、身内の悲劇を忘れることなく、その過ちを後世に伝えようとする、内に向かっての祈りの気持とではたしかに違うものがある。それが日本人とユダヤ人の違いであるとか、民族の違いとかと、あえて言うことはない。ただこれが、ユダヤ人墓地を訪ねたときの私の率直な感想である。読者のみなさんはどう思われるか。

参考文献

『太平記』岡見正雄校注、角川文庫。
『南北朝編年史』由良哲次、吉川弘文館。
『楠氏研究』藤田精一、積善館。
『鎌倉・室町人名事典』安田元久編、新人物往来社。
『河内名所圖會』柳原書店。
『楠木正成』森田康之助、新人物往来社。
『楠木一族』永峯清成、新人物往来社。
『国史大辭典』吉川弘文館。
『日本史年表』日本歴史大辞典編集委員会、河出書房新社。
『日本大百科全書』小学館。
『上州新田一族』奥富敬之、新人物往来社。
『北条高時と金沢貞顕』永井晋、山川出版社。
『鎌倉幕府滅亡と北条氏一族』秋山哲雄、吉川弘文館。
『梅松論』広文庫刊行会、大正八年。

『大宰府天満宮の建築』土田充義、太宰府天満宮文化研究所。
『菅原道真』坂本太郎、吉川弘文館。
『日本の歴史　4』北山茂夫、中央公論社。
『日本の歴史　19』小西四郎、中央公論社。
『日本の歴史　20』井上清、中央公論社。
『日本の歴史　23』今井清一、中央公論社。
『支倉常長』五野井隆史、吉川弘文館。
『支倉六右衛門と西欧使節』田中英道、丸善ライブラリー。
『支倉常長』大泉光一、中公新書。
『渡辺崋山』佐藤昌介、吉川弘文館。
『江藤新平』大庭裕介、戎老祥出版。
『江藤新平』杉谷昭、吉川弘文館。
『西郷隆盛』田中惣五郎、吉川弘文館。
『鹿児島県の歴史散歩』山川出版社。
『旅王国南九州奄美』昭文社。
『原敬』山本四郎、清水書院。
『平民宰相原敬伝説』佐高信、角川学芸出版。

『もりおか歴史散歩』真山重博、藤井茂、東北社。
『岩手県の歴史散歩』山川出版社。
『カルメン』プロスペル・メリメ、堀口大学訳、新潮文庫。
『椿姫』デュマ・フィス、新庄嘉章訳、新潮文庫。
『世界の古典名著總解説』自由国民社。
『LA TRAVIATA』福原信夫解説、エンジェルレコード。
『カルメン紀行』永峯清成、彩流社。
『スペイン ホセ・マリア伝説』永峯清成、彩流社。
『スペイン奥の細道』永峯清成、彩流社。
『ヒットラーの通った道』永峯清成、」新人物往来社。

〔著者紹介〕
永峯清成（ナガミネ　キヨナリ）
名古屋市在住。歴史作家。
著書 『上杉謙信』（ＰＨＰ研究所）、『楠木一族』『北畠親房』『新田義貞』『ヒットラー 我が生涯』『ヒットラーの通った道』（以上、新人物往来社）『スペイン奥の細道紀行』『カルメン紀行』『スペイン ホセ・マリア伝説』『「講談社の絵本」の時代』『これからの日本』（以上、彩流社）、『信長は西へ行く』（アルファベータブックス）、『ハポンさんになった侍』（栄光出版社）ほか。

人生斯くの如くか——東西お墓巡り

2021年7月25日　初版第一刷発行　　定価は、カバーに表示してあります。

著　者　永峯清成
発行者　河野和憲

発行所　株式会社　彩　流　社
〒101-0051 東京都千代田区神田神保町 3-10　大行ビル 6F
TEL 03-3234-5931 FAX 03-3234-5932
ウェブサイト　http://www.sairyusha.co.jp
E-mail　sairyusha@sairyusha.co.jp

印刷　明和印刷㈱
製本　㈱村上製本所
装幀　渡辺将史

ISBN 978-4-7791-2770-0 C0020